北望杨树村

张生亮 著

远方出版社

图书在版编目（CIP）数据

北望杨树村/张生亮著.--呼和浩特：远方出版社,2019.3

ISBN 978-7-5555-1251-6

Ⅰ.①北… Ⅱ.①张… Ⅲ.①长篇小说－中国－当代 Ⅳ.①I247.5

中国版本图书馆CIP数据核字(2019)第041602号

北望杨树村
BEI WANG YANGSHU CUN

作　者	张生亮
责任编辑	云高娃　武舒波
责任校对	云高娃　武舒波
封面设计	开印吧
出版发行	远方出版社
社　址	呼和浩特市乌兰察布东路666号　邮编010010
电　话	(0471)2236470 总编室　2236460 发行部
经　销	新华书店
印　刷	内蒙古掌印文化科技有限公司
开　本	140mm×210mm　1/32
字　数	130千
印　张	6.25
版　次	2019年3月第1版
印　次	2019年6月第1次印刷
印　数	1－2000册
标准书号	ISBN 978-7-5555-1251-6
定　价	35.00元

如发现印装质量问题，请与出版社联系调换

他从田野中走来

——小说《北望杨树村》序

春雨

张生亮老师经常给伊旗文联《天骄》刊物投稿,我是2013年通过他的作品认识他的名字的。第一次见到他是在2014年的9月,当时我陪同自治区硬笔书协主席吴全仁教授去伊旗红庆河镇纳林希里小学讲书法课,那时他刚放下代了25年的小学语文课,开始负责全校的写字与书法课。为了让吴教授给学校留下几幅墨宝,他忙前忙后,准备笔墨纸砚。下课后他过来找我,我才把他的人和名对上了号。张老师中等身材,虽已人到中年,但从他那张方方正正的脸上流露出来的精气神来看更显年轻一些。衣着和相貌就像他的笔名"草文"一样朴素。我从学校教师简介栏上得知,他是伊金霍洛旗红庆河镇(原伊旗纳林希里镇)人。1987年9月参加工作,汉语言文学本科,伊旗教育系统师德标兵,国家硬笔书法八级,伊旗作协会员。

2013年,张老师的处女作《江南行》发表后,打开了他的创作思路。他利用教学闲暇、双休日、节假日去各地采风、采访,创作出了大量接地气的作品:乡土纪实文学《纳林希里热土上的人和事》,红色题材散文《黄土地上的红色印记》《白马线上的红色驿站》,含有蒙元文化气息的作品《又谒成吉思汗陵》《马背民族的荣光》《走笔伊金霍洛》,以美丽的乡村建设为题材写了《美丽乡村我的家》《田园牧歌哈沙图》《冬捕夏游马奶湖》《新村引水》、杂文《动物的自白》等作品。特别值得一提的是党的十九大刚刚开幕,张生亮老师积极响应伊旗文联的号召,在文联参加完动员会后随即投入创作,写出了《回眸十九个里程碑》《举旗定向十九大》《信天游点赞中国共产党》《红色之旅鄂前旗》等一篇篇诗歌、散文、小品等作品,及时为旗委宣传部、文联、文化局、乌兰牧骑及各业余文艺团体宣传贯彻党的十九大精神提供了素材。这些作品同时也收入了他的杂集《田园牧歌高原情》。

  他对创作全身心投入,一旦开笔便进入忘我境界。他创作的各类文艺作品构思奇、出手快,不但接地气,而且非常有吸引力。有一天深夜12点,一位读者在《天骄》刊物上看了他的作品,便给我打电话:"张老师的作品写得太给力了,我很想见一见这位作家。"据《天骄》编辑崔艳介绍:近年来,张老师给伊旗文联《天骄》投稿累计达40多篇(首),有诗歌、散文、小说、快板、相声、小品、小戏,题材广泛、内容丰富。他从田野中走来,情系农家、梦牵牧户,农家牧户的生活就是他笔下的素材。

小说《北望杨树村》则是张老师倾心打造的一部展示内蒙古自治区改革开放四十年来,农村牧区的沧桑巨变和经济社会各项事业全面发展所取得的丰硕成果,以及蒙汉各族人民守望相助、团结奋进、携手并肩奔小康的一部作品。突出了"幸福天骄圣地、大美伊金霍洛"这一主题。在习近平新时代中国特色的社会主义思想指引下,小说通过对村支书二军原型的塑造,体现了广大党员干部深入基层,积极改善农牧区的基础设施条件,克服了扶贫攻坚路上的各种困难为基层群众办实事的敬业奉献精神。描绘着一个个从农村走进城市打工的杨树村人;也有从城市返回农村搞特色种养殖致富的杨树村人;有像涓涓清泉从村口流淌而来的杨树村故事;有像浓浓奶茶从蒙古包飘香而出的杨树村民风。

2017年12月中旬的一个周末的上午,我刚从外面锻炼回来,突然手机响了,来电显示是张生亮老师的电话,他说有事想见我。不一会儿,他就坐到了我的面前。他是个急性子,刚坐下就开门见山地说:我准备出一本书,想麻烦你给我写个序。我说:"不是我不给你写,我是怕写不好。"他笑着说:"你对我比较了解,非你莫属,你一定能写好的,拜托了!"当我和他谈起他的创作源动力在哪里?他只是憨憨地一笑:其实也没什么,就是喜欢,我是农家子弟,从田野走来,喜欢乡土文学,喜欢家乡的山山水水,喜欢家乡的一草一木,喜欢家乡的人和事。于是,我写下了这些文字,姑且当作小说《北望杨树村》的序吧。

伊旗文联主席高利(笔名春雨)
2018年3月23日于伊旗文联

目　　录

一、二军当选村主任 …………………… 1
二、雨生领回洋媳妇儿 ………………… 13
三、杨树村引水起风波 ………………… 33
四、都是烧酒惹得祸 …………………… 50
五、杨树村的创业人 …………………… 70
六、杨树村的人和事 …………………… 87
七、红梅情感起波澜 …………………… 105
八、志国回到杨树村 …………………… 121
九、学子回村谢师恩 …………………… 141
十、杨树村的贫困户 …………………… 157
十一、丰收节同学大聚会 ……………… 175
后记 ……………………………………… 191

一、二军当选村主任

杨树村里的人都说张四憨两口子命好,生活达小康了。建起了300多平方米一溜坐北向南的楼板房、羊棚,养了100多只绵羊,生了两儿一女,个顶个长得俊秀美貌,能说会做。大儿子大军是司机,货车、客车、小车、挖机样样都会开,常年跑货运;二儿子二军是个小商人,农村的土特产、牧区的畜产品、城市的建材什么挣钱就经营什么,常年辗转于城乡之间做生意;女儿小花是个厨师,蒸、煮、煎、烹样样精通,在镇上开餐馆。新正上月,大婚不久的大军又外出跑货运了,独自把新婚的妻子丢在家中。新娘子名叫月仙,长得没得挑,美丽大方,沽脱脱如影视明星巩俐的复制版。村里的老人、小孩儿、闺女、媳妇、闲汉大都聚集在大军家一边暗叹新娘子长得俊,一边漫不经心地看电视、嗑瓜子、品茶……其实他们真正的目的是来看这个刚进门的新娘子的。来客的目的月仙心里明镜似的。月仙给老人们沏了茶,给小孩们拿了小吃,给女人们拿了瓜子,给闲汉们递了烟,月仙分别招待,从容应对。

送走了熙熙攘攘的邻居,打扫了满是烟蒂、瓜子皮的客厅,月仙静静地躺在床上享受这难得的清闲。须臾,月仙顿生了回娘家的念头,她想起了老实巴交只会放羊的父亲、病中的母亲……于是拨通了小叔子二军的手机号码,想让小叔子送她回娘家。彩铃响起:"在你的心上／自由的飞翔／灿烂的星光／永远在徜徉／一路的方向／照亮我心上……"二军没接电话推门而入。开玩笑到:"我刚送货回来,'大领导'有何指示?"月仙说要回娘家。二军让嫂子收拾一下行装立马行动,自己发车去了。

月仙的娘家敖包村距离杨树村不过20公里,二军等月仙在副驾驶室坐定后熟练地启动了车,小车缓缓地驶向村口。这边穿着羊皮袄的老光棍三赖正赶着羊群向北坡柳弯慢行,三赖向月仙打着招呼,"月仙回娘家呀?"月仙回应着,"三叔放羊去呀"。那边倚着门嗑着瓜子的神偷手李二婶也向月仙打趣到:"哎呀……这对'鸳鸯'回娘家呀?"月仙回道:"是我和二军,不是大军。"李二婶挤眉弄眼伴装到:"瞧我这眼神,老眼昏花啦!"

乡间土路呈搓板状,颠簸的让人心颤,二军的小车一路缓行,扬起了一溜尘土,不多一会儿就到了敖包村的月仙娘家门前。月仙下了车要二军到屋里坐坐,二军推托说附近有一户人家欠了建材款,去要。于是小车转了个遛弯径直向来时的路上折返而回。二军的小车来到一片白杨、沙柳混长的草茂林密的退耕还林地畔。二军猛然发现土路中间站着一个披头散发的红衣女子。女子手里提着断了带的手提包,拼命地挥手拦车。二军一脚踏下离合器,一手减挡熄火,将车停在路边。红衣女子迅即拉开车门,一头扎进副驾驶座,一脸惊魂未定地大喊:"大哥——救我,大灰狼来了!"二军诧异道:"原来是你?"二军推开车门走出驾驶室道:"哪来的大灰狼?"只见从树林里跑出一个穿着羊皮袄的人来。二军定睛一看是三赖,说:"三叔你疯啦?"三赖说:"有几只羊不见了,我想问一问刚才过路的那个穿红衣服的女女见来没?"二军哑然笑到:"哦,敢情是这么回事?把你个老不死的大灰狼。"红衣女子从车窗里探出头道:"大叔你跑那么快干什么,怪吓人的。"三赖惊奇地说:"唉——你是那次来我们杨树村搞选举的驻村干部、大学生村官红梅女子吧?"红衣女子点了点头。

  一场虚惊过后红梅恢复了原有的平静。二军开着车一路话少,倒是红梅话多起来,说:"二军,上次村主任预选时村子里80%的人都选你当村主任,你为甚不表态?其余两个候选人票都没过半数,害得我们还得重选,这不?镇上又让我们明天来你们村搞选举。今天先让我去各家走走,再次征求一下群众的意见。"二军不屑地说:"谁想当谁就当吧,我不稀罕。"红梅嗔怒道:"群众让你当村主任是信任你,你还真把自己当人物了,别以为自己了不起!别人为了当这个村官不惜花钱拉选票、讨好上头。难道你就眼睁睁看着这些人瞎搞?你这人不可理喻,让人失望!"二军一时语塞。二军的车离家不到100米的地方抛锚了。二军想起昨天忘了加油,显得有些尴尬。两人把小车推到家门前,红梅说要到村里的其他人家走走,二军骑着摩托带着塑料壶到镇上打油。临走时,二军叮嘱红梅:"这两天搞选举你就住在嫂子家吧,我大哥外出跑货运了,我嫂子回娘家了,吃住方便,我回来住我老爸老妈那儿。钥匙在窗台那边砖头下压着。"红梅点头又问:"明天选举你不参加了?村里人如果再都选你咋办?你总不能再一次让村里的人失望吧?"二军答:"我会考虑的,到时我会回来的。"

  红梅走访了几户人家,村民们大都支持二军当村主任。上回落选的两位村主任候选人皆拎着烟酒过来打过招呼,二军不愿当村主任,他们愿意当村主任,希望能够选他们。不过,多数人家没让那两位把烟酒留下,因为毕竟吃了人家东西嘴软,拿了人家东西理短。他们不愿违背自己的意愿,更不愿被别人牵着鼻子走。只是答应在投票时会考虑的。红梅回到大军家天已经擦黑,她肚子饿了,按下电灯开关搜寻食物,可巧茶几上放着炒米。红梅在热水器上接了开水把炒米闷上,又随手拴上门,按开电视按钮。史上最长的连续剧《新闻联播》开始了,红梅一个镜头也没看进去,她斜躺在沙发上紧闭双目陷入了沉思……大学毕业三年了,虽说转正后工作稳定了,但自己28岁至今还是孑然一身,看着同龄女友一个个成双入对,自己也到了谈婚论嫁的时候……红梅渐入梦乡。

再说二军骑着摩托到镇上打了油,来到一家小餐馆想吃点饭,刚一进门就看见本村的一帮外出务工回来过春节的"土豪"摆着一桌美味佳肴在尽情地享受:八凉八热,荤素搭配;鸡鸭鱼肉刚上桌,乌龟王八也跟上来。见二军进来,众男女又是倒茶递烟,又是让座敬酒,好不热情。正值春节前夕,恰赶上村里又搞选举,平时难得一聚。二军本是性情中人,人缘极好。平时村里谁家的孩子考上大学没钱走不了、谁家婚丧嫁娶缺钱、谁家有人病急住院没钱第一个想到的就是找二军借,村里人家累计借二军的钱不下20万元。在村里人的心目中,二军这个土生土长的小商人俨然是个雪中送炭的儒商,绝非急功近利的奸商。席间有经营大挖机、小挖机、轧道机、油罐车、货车、小车……通过几年的奋斗还清了所有车款的彦春;有经营松树致富,由手机专卖到搞有线电视的忠平;有从村里走出的大学生,在北京263军医院当主任医师的志明;有在市政府工作,回家看望老人的振海;有养殖户战雄;有跑货运的段三;有当瓦工的怀生、喜耀;

有理发铺的丽蓉；有开快餐店的小花、李栓，这不？这顿晚宴就是小花、李栓提供的。二军很快融入了猜拳行令、打通关、摇点子的圈子。席间有人提议让二军出任村主任，二军只是推托，众人就你一杯我一杯地给二军灌酒让二军表态，二军的酒量再大怎敌众人的敬酒。两个多小时酒足了，饭菜基本没动，众人皆醉倒桌上。末了还是酒店老板、服务员一齐动手把众醉汉扶进客房休息。

已经是晚间12点多钟了，电视里又在播报着天南海北的奇闻轶事。有人好像从后窗户往里爬，发出了吭哧吭哧的急促呼吸声，脚步落地声轻盈，像是女的，是月仙回来了？红梅下意识地关闭了电视起身龟缩在沙发后边。哐当——听着是后窗户撞击墙壁的声响，分明是有人入室盗窃，红梅的心怦怦直跳，身子在发抖。一束手电筒的亮光在客厅里扫视了一圈后直射卧室，接着就是翻箱倒柜寻找东西的响动。哐当——又是一声窗户撞击墙壁的响声，又一个人从后窗户爬进来了。脚步很沉重，像是一个男的，是二军回来了？手电筒又亮起来了，后来者先环扫客厅后进入卧室。这时先前进入卧室的那一位来不及躲避，慌乱中上床拉起被子蒙头装睡。后来的这一位用手电筒的亮光扫了扫床上睡着的人，犹豫了片刻后，脱了外衣径直钻入床上先来的人被窝。此时鸡叫了，那边卧室里的两人不再那么闹腾了，这厢客厅沙发后面蜷缩的红梅可吓坏了。红梅暗自叫苦不迭:我的天呐,这一天的经历太不可思议啦。黎明前的夜又恢复了特有的宁静。田野树枝上的鹧鸪又叫起来:"姑姑——裤,姑姑——裤,姑姑——裤。"

太阳好不容易爬上了山,冬日的暖阳依旧那么迷人。红梅不再那么害怕了,她拉开窗帘,打开了窗户。此时大军送货的车回来了,二军打油的摩托也回来了。红梅迎上去说:"你们才回来,奇怪,那么客厅里睡的谁?"大军看到卧室里还睡着人,以为是月仙还在睡懒觉。就用手去推,又推还是没反应。大军索性用力拉开被子一看,不看不要紧,一看吃一惊,卧室里睡的竟是老光棍三赖和神偷手李二婶。大军说:"不在自己家睡,怎么上我家来睡了。"二军厉声到:"还不快走,丢人现眼的活宝!"三赖、二婶才悻悻地、匆匆地走了。红梅、大军、二军三人你看看我,我看看你都傻眼了。

原来,二婶看见月仙回娘家了,大军也不在家。二婶自思月仙的好衣服多,尤其那件旗袍太好看了,她见过月仙穿在身上的曼妙身姿。二婶是个搽脸抹粉的时尚女人,她想反正月仙也不在乎这一件衣服,何不乘夜深人静的时候把旗袍拿回来自己穿?于是她就夜半去月仙家行窃,可当她打着手电进了月仙家后窗后,好不容易在衣柜里找到那件旗袍。没想到螳螂捕蝉黄雀在后,三赖接踵而至,三赖发现二婶行窃,二婶不知三赖跟踪她。二婶只得把旗袍放进衣柜里,忙不迭拉了一床被子蒙头装睡。平日里三赖讨好二婶,二婶没给过好脸色。这回三赖抓住了二婶把柄,占了二婶的便宜。二婶一时忐忑不安,只得忍气吞声。这一睡不要紧,接二连三地来人,这对"鸳鸯"就没脸起床了。要不是大军、二军回来,真不知这两位睡到什么时候才能起床。大千世界真是无奇不有,地球有时那么大,有时竟那么小。人算不如天算,是奇遇还是巧合?不知是故事丰富了生活的内容,还是生活再现了故事的本真。

杨树村两委换届选举如期举行,全村总人口812人,到会的达760人。崭新的小车、摩托车早已代替了早些年驴马驾辕的平板车,把村委会围了个水泄不通。全村男男女女、老老少少除了出不了门的老弱病残,其余的全部出动。村民们把这次选举看得很重,他们将郑重地投下这庄严的一票。今天天气特别好,冬日的暖阳照耀着杨树村。村民们领了选票,三五成群地在村委的院子里一边议论着心目中的候选人,一边填票、投票,选举紧张有序地进行着。经过临时选委会一个多小时的认真统计,选举结果出来了:二军占656票,二军当选村主任已成定局,剩下的两位候选人分别占63票和41票。当镇长宣布二军当选杨树村村主任,卢三继任村支书兼计生工作,南村的夏在琴当选妇女主任时,选民们一致高呼:"通过!"不到三分钟,村民们启动了小车、摩托车,鸣着喇叭一溜烟尘各自消失在回家的路上。

  北方的春天十年九旱,沙塬上的沙柳、沙蒿大都旱死了,即便活着的沙柳、沙蒿也已苟延残喘。只有挺拔的白杨,耐旱的柠条、檾头等灌木依然顽强地生存着。一条自北向南的季节河把杨树村一分为二,河西原先有一眼机井灌溉近千亩的农田,但人均不到2亩水田,只能生存不能致富;河东的近千亩旱田干裂的无法下种,大都撂荒了。村里的老人们聚集在一起去南梁龙王庙上烧香祈雨去,杀羊瓴牲,求神问卦,老人们愚昧的虔诚并没有感动龙王。从去冬到今春,一连6个月老天爷连一滴雨也没下。二军上任后的第一件事就是计划在河东再打一眼机井,把河东的旱地变成水田。这件事有人支持,也有人反对,原因是村里人没人拿钱,二军召开了两次村委会也没个定论。

  这天红梅领着一个开着红色小车的东北女人进了杨树村。这个东北女人名叫乔霞,看上去40多岁,颇有气质,能说会道,面容姣好,浑身透着一股见过大世面的范儿。听红梅说她是来找二军,想在杨树村租地种松树的。乔霞见到二军,说出自己的设想:河东打机井,连同配套大约需要8万元左右,这些钱由她来承担,她无偿租种村里 100 亩土地以 10 年为期。二军紧急召开了村两委会研究此事,同时打电话征求了外出务工的个别村民们的意见。村两委全票通过乔霞打井租地的提案。

打井队用了 10 天左右的时间打成了 320 米的深机井。下泵、下管、电缆线、高压线、水池、井房全部配套。乔霞一结算近 10 万元,超预算 2 万元。乔霞再也拿不出钱了,二军垫付了 1.8 万元,红梅也垫付了一千元。接着是划拨土地,不管是在家的、外出的人人有份,人均增加水田 2 亩。至此,杨树村人均达到 4 亩水田,杨树村人将彻底告别靠天吃饭的旱作农业历史。

杨树村河西打机井拓展水田的消息传开了,外出务工的几户人家给二军打电话说明年回来种地:先是养殖户张战荣说城里工地也停了,没活儿干想回来搞种养结合;接着是跑货运的大军说货源少了,货车整天停着也不是个事儿;后是打零工的怀生说打零工的人没活儿整天扎堆打扑克,快连房租也快交不起了;就连当瓦工的喜耀也准备在没活儿时候回村种玉米……

春工忙忙,人们步履匆匆。野兔蹦蹦跳跳地来水道边喝水,野鸡也扑棱棱飞来田间凑热闹,正是春工忙的季节。尽管撂荒的水田依然不少,留守的十几户村民也开始种大田玉米了,村里人争着放水。乔霞育了近 100 亩松树苗,大都是雇人来完成的,一时还轮不上放水。乔霞心里很着急,信步来到北梁的龙王庙上,这个龙王庙是杨树村张家祖上族人早些年从陕西关中硬是用人工抬回来的。据当地老人讲过去每逢天旱,村里的老者就去祈雨龙王庙是有求必应。乔霞有一点儿不信,随手摇了一卦,卦上显示:"当日雨急。"乔霞说:"今天晚上若能下三尺雨,我给青龙王重修新庙。"说也真奇,当天夜里下起了雨,而且还不小,一连三天普降喜雨。杨树村沟满壕平,足足三尺深,是巧合也是天已旱到了头。乔霞自然又出资在杨树村南梁建起了龙王庙。乔霞把东北老家的黑龙王也请到了这里,于是杨树村的青龙庙变成了"二龙庙"。二龙庙给杨树村平添了一道靓丽的风景。

红梅是蒙古族,她的蒙古名叫乌兰特日古乐格其。她的家住霍洛苏木柴达木嘎查牧业社。家里有四口人:阿爸、阿妈、弟弟和红梅。红梅是2009年考取的大学生村官。通过选举和打井这两件事,红梅对二军顿生好感,又听说二军经常慷慨相助遇到困难的乡亲们,红梅被二军的爱心感动得一塌糊涂。最后红梅和二军走到了一起,还是月仙做的大媒。红梅和二军的结合是典型的蒙汉联姻。红梅和二军合计在"五一"长假期间举办结婚典礼,婚礼是在红梅娘家柴达木嘎查按蒙古族婚礼习俗办的,二军的亲朋好友也一同跟了过去操办婚礼宴席。

婚宴是在一个很大的颇具蒙古族特色的蒙古包里

进行的,先来的客人在靠前的三张桌上就餐,桌上摆着典型的蒙古族风味食品:炒米、奶茶、手扒肉、奶豆腐、馓子……餐后的客人进入正席,后来的客人流水线就餐,一直持续到婚宴结束。席上有"八凉八热"菜系,鸡、鸭、鱼、虾完全采用汉族的烹调方式来制作,蒙汉的吃文化在这里得到交融。婚礼开始了,背景屏上播放着二军和红梅的一幅幅浓情婚纱照,画面美轮美奂。一位婚礼主持人领着两位新人在欢快的草原乐曲的伴奏下闪亮登场,接着新人双方的四位父母携手出场,最后是新人的伴郎伴娘姗姗而来。这种一、三、五、七、九的出场方式让客人们想起蒙古人对单数的推崇。席间蒙古族客人中的老年客人们互递鼻烟壶进行交流,互相说:"赛板呦!"婚宴在歌声不断酒不断中进行着,蒙古民族的确是个能歌善舞的民族。无论是老者还是小孩,敬酒歌张口就来,而且与舞台音乐很合拍,韵律和谐优美。置身于此情此景,你会觉得有一种酒不醉人人自醉的感觉。

新婚的二军和红梅开车回到杨树村,两人停车驻足痴情地北望杨树村。杨树村火红的野蔷薇盛开着,挺拔的白杨郁郁葱葱;那山也朗润起来了,那水也清澈起来了。北方的初夏草长莺飞、鸟语花香,远山的白鹭排成"人"字形飞起来了,太阳也升起来了,新的一天开始了。

二、雨生领回洋媳妇儿

五月的一天清晨，二军和红梅开车驶出杨树村，他俩停车驻足深情地北望杨树村：火红的野蔷薇依旧盛开着，挺拔的白杨依旧郁郁葱葱，那山依然朗润，那水依然清澈，北方的初夏正是种植大田玉米的时节。柳林的野鸡、野兔活跃起来了，太阳渐渐地升起来了，杨树村新的一天开始了。杨树村坡上的坡坡洼洼盛开着火红火红的野蔷薇，杨树村沟沟叉叉诉说着父老乡亲对美好生活的憧憬。那山、那水、那绿草、那白杨呈现出一道亮丽的风景。

杨树村的老人有一句顺口溜："'千里眼'的电视，'顺风耳'的手机；钱多钱少人人都有手机，羊多羊少群群里都有羖羝。"随着社会进步，通讯给千家万户的人们带来了前所未有的方便快捷。

"你是我的小呀小苹果儿，怎么爱你都不嫌多；红红的小脸儿温暖我的心窝，点亮我生命的火火火火火火……"二军把手机摇了摇接通电话，原来是小芳打来的。小芳说她回来，让二军来看看她。二军和红梅驱车来到小芳家，见小芳从小车里探出头刚要下车，二军迎上去打招呼:"不知美女驾到,有失远迎。"小芳笑道:"还是二军哥哥仗义。"小芳的父母步履蹒跚地从屋里走出来,小芳嗲声嗲气地喊了两声:"爹——妈——"老两口一时老泪纵横,从老屋里出来连声应诺:"哎——哎——"小芳天生丽质,大嗓门、银铃般的说笑声,很快吸引来周围来看热闹的邻居们。一时间小芳的小车、服饰成了邻居们议论的焦点,邻居们猜测:小芳身上毛茸茸的大衣也值大几千元吧;小芳的小车轮胎怎就那么宽,这小车怎么也得几十万吧;小芳身上的金项链、金手镯、金戒指怕是也值三几万吧?小芳给娘老子挣下了三辈子也花不完的钱。邻居们知趣地散去了,小芳、二军、红梅在众人的啧啧羡慕声中走进家里。

小芳的父母都是老实巴交的农民,生的三女一子个个是美人胚子,个个有出息。大女儿兰芳能演会唱当过乌兰牧骑的演员,后来远嫁鄂旗牧区安家落户,种着100多亩水地,养着300多只羊,成了远近闻名的养殖大户;二女儿慧芳会唱晋剧、秦腔、地方戏、二人台,初中毕业后学了服装设计,后来经营服装生意自己成家立业,属于改革开放以后先富起来的群体;三女儿小芳能歌善舞,读高中期间考入市歌舞团,成为国家一级演员,后来停薪留职,下海经商,搞过房地产,经营过书画,开过典当行。在外打拼的小芳事业有成,30多岁还是剩女,在茫茫人海里寻找自己的白马王子,没有一个对眼的,寻来觅去自己也不知道该找谁。儿子雨生大学毕业后在北京一家广告公司搞平面设计,听说找了一个金发碧眼的英国女人,这个洋女人在一所大学当外教。小芳听二军在电话里描述美丽的乡村建设:政府在村里进行危房改造,50平方米以上每户补贴21500元,其余建房资金自筹,今天小芳是回来给父母筹划盖新房的。

　　小芳和二军是发小,也是高中同学。二军曾暗恋着小芳,只因二军家贫中途辍学,所以未曾对小芳表白。小芳虽对二军有好感,但那时的小芳是国家一级演员,心高气傲,觉得找二军有点儿委屈自己。直到二军和红梅大婚,二军打电话请她赴宴,小芳的心里才有点五味杂陈的感觉。小芳当时在纷繁的俗事中难以抽身,没能赶过来随礼,这次回来特意备了礼物。小芳从小车后备箱拎出一对真丝绒被包交给红梅,说:"你俩典礼我没赶回来,这是我的一点心意,祝你们的婚姻幸福美满。"二军说:"事情都过去了,让你破费了。"小芳说:"应该的,我愿意。"红梅从二军和小芳的眼神交流中感觉出其中的微妙,红梅的心里升起了一种难以言状的嫉妒。

　　这天雨生在镇上的"月仙饭店"举办婚礼,二军也参加了。从杨树村走出来的雨生,在北京一家广告公司上班,又在北京找了一个老外新娘。新娘是英国人,在北京某名牌大学当外教。新娘的母亲也一同来村里了。新娘格外引人注目：金发碧眼、白皙的面庞、高挑个子。杨树村只要年龄相仿的年轻人，不管念过初中、高中、大学，上三届下三届都互称同学。酒席上，众同学羡慕嫉妒新娘的颜值，合力围攻雨生和新娘，耍新娘的节目花样不断，好在这个老外新娘很开放，不呈恼，只是一个劲地喊："NO——NO——"引得众同学开怀大笑。姐姐小芳不时地给弟弟、弟媳解围。有时好言安慰这个同学，有时替酒讨好那个同学。不多时，小芳醉了，便进卫生间吐去了。众同学就不再纠缠雨生了。

南方人酒喝高了谋发展、搞创业；北方人酒喝高了装土豪、炫富。通常是一人吹嘘，众人附和。这不，大款钱斌给大伙儿"秀肌肉"了，张坤成了倾诉对象。

钱斌："怎么？张老师还在原单位？就那点死工资？"

张坤："没别的本事，只能哄娃娃、教笨蛋，当教师糊口度日。"

钱斌："怎么不想想第二产业、第三产业？搞点文化产业什么的？"

张坤："搞产业谈何容易，我对文化产业一窍不通。"

钱斌："猪脑子，现在不是时兴'文化软实力'吗？开面馆、开茶馆叫餐饮文化；卖鞋叫脚底文化；剪纸叫非物质文化。你个文化人连文化产业也不知道？"

张坤:"有点道理,我'out'了,我没什么文化。"

钱斌:"你有几个老婆?几个孩子?"

张坤:"一个老婆,一个孩子,还有我,算是三口温馨小家吧。"

钱斌:"扯淡,瞧你那没出息的样!整天捞饭烩菜,烩菜捞饭的,不能有一点新鲜玩意儿?"

张坤:"莫非你……"

钱斌:"不瞒你说,我四个老婆,三个孩子。头一个原配老土了,给了5万连女儿打发了;二一个戏戏太招人,卷包了十几万,领着儿子跟相好的私奔了;三一个'美眉'太粘人,管钱管人,生了一个丫头片子,合不来就离了,女儿也带走了;四一个小女女是个大学生,住了一个月,嫌我老,从银行卡上刷了12万溜走了。"

张坤:"你怎么不去找?"

钱斌:"找什么找?旧的不去,新的不来嘛!只要钱光浪,村村都有丈母娘。"

张坤:"那你现在还是孑然一身呀?"

钱斌:"我享受了,不后悔。中华儿女千千万,那个不行换一换。"

张坤:"你把婚姻当儿戏,你这个老同学不靠谱吧?"

钱斌:"你有几套房?几台车?难道不想给下一代留下一点产业?"

张坤:"一套房,一台车。儿孙自有儿孙的福,何必劳神费力给儿女挣产业呢。"

钱斌:"死脑筋,真没劲！我有三套房:柳岸华庭、明珠花园、怡康山庄都有房;三台车:路虎、Q7、A8。"

张坤:"我的乖乖,你大发了。"

钱斌:"那是多大点事儿,为人就得轰轰烈烈嘛！"

张坤:那你现在钱多的没地儿放了吧?

钱斌:三年前,我融资搞房地产、挖明煤、贩焦粉、包工程,挣下了三辈子也花不完的钱;三年后的今天典当行垮了、房地产塌了、挖煤停了、机械被厂家扣走了,三套房和三台车都顶账了,现在我收支持平了。

哈——哈——哈——钱斌放声惨笑,众同学无言以对。

酒席散了,雨生和洋媳妇送走了亲朋好友回到村里自不必赘述。洋妞找了一个中国小伙子,自然引起女儿的母亲英国老太太的反对。英国老太太远涉重洋来到中国北京,找到了女儿,告诫女儿:东西方文化差异很大,恐怕女儿将来在生活上有障碍,希望女儿考虑考虑。而铁了心的女儿顺势说服母亲回杨树村看看。当雨生的母亲见到新娘的母亲时,一时惊呆了——这个外国亲家人高马大,说话呜哩哇啦。好在有雨生和洋媳妇当翻译。据说这个英国老太太是北京某大学的教授,本来汉语说得挺溜,可故意不说汉语,有意让女儿难堪。春节前后,雨生和洋媳妇在村里住了10天,雨生的母亲总是嘘寒问暖,唠叨不休。洋媳妇总是乖巧应对,而这位英国亲家渐渐地也与这位中国亲家拉起了家长里短。下面是中英两亲家的一段精彩的对话:

中国亲家:"我的儿媳妇实在是太不近人情了。"

英国亲家:"此话怎讲?"

中国亲家:"她竟然问我愿不愿去老人公寓!"

英国亲家:"老人公寓很好啊,我现在就住在那里。"

中国亲家:"那是孤寡老人才去的地方,我把我儿子养到这么大。她嫁给我儿子不伺候我,反而要我去养老院!我要是去了,一定被亲戚邻居笑话死,这不是折我的寿吗?"

英国亲家:"不对吧?儿媳妇嫁过来是来和儿子过日子的,为什么要伺候婆婆?如果她要伺候婆婆,那她的父母谁去伺候?何况我们到了一定年纪,住进老人公寓是件很方便的事。怎么会被人笑话?"

中国亲家:"媳妇嫁过来就是我家的人,当然应该伺候我。我到了这个年纪,应该和儿子还有孙子住在一起,共享天伦,住进老人公寓,又孤单又寂寞,多可怜啊!"

英国亲家(直摆手):"儿媳妇嫁过来怎么就成我们的人了?人家长那么大又不是我们养的,又没花过我们一分钱,还辛苦生下我们的儿孙,怎么好再让儿媳妇侍候?何况你还要和儿子住在一起?那不行,我和儿子住在一起超过两周就会不舒服,受不了。"

中国亲家:"和自己孩子住一起不知多高兴,怎么会不舒服?"

英国亲家:"我儿子十八岁就自己出门独立了,他回来小住几天我很欢迎,可他要是在家里长住,尤其还带着太太和孩子,我的生活就太受影响了。"

中国亲家:"我就不明白,和自己的孩子在一起怎么会不自在呢? 我是他们的长辈啊,儿子和儿媳什么有事情我不能参与啊?"

英国亲家:"孩子十八岁了,是成人了,就该自立。他和儿媳自然该有他们的隐私,我和他们在一起当然不自在。"

中国亲家:"你这个英国人好奇怪,这也不行,那也不行。难道非要住到老人公寓才叫'行'?"

英国亲家:"我有我的生活,我儿子有他自己的生活。他结婚了就有了他和儿媳的小家庭,我当然不能做儿子和儿媳小家庭里的'第三者'啊。"

中国亲家:"你这话听起来好潇洒!你把儿子拉扯大,他结婚了,他和儿媳妇对你总该有些回报吧?"

英国亲家:"回报?什么回报?"

中国亲家:"当然是接你回家一起住,让你安享晚年。不过反正你都住进了老人公寓,这福你是享不上了。

你儿媳给你钱吗？"

英国亲家："给我钱？为什么？"

中国亲家："尽一份孝心啊！"

英国亲家："不不不，我不需要儿媳给我钱。她的钱要养育我的孙子，要和我儿子一起还贷款，有余钱还要去度假，他们管好自己我就很高兴了，她不需要给我钱。"

中国亲家："我发现你的儿媳好轻松啊，什么责任也不需要承担。"

英国亲家："责任？我儿媳对我没有什么责任。"

中国亲家："没责任？如果你没有钱，你不需要儿媳管你？"

英国亲家："我有退休金，而且我的房屋贷款早就还完了。我有足够的余钱养老。"

中国亲家："如果你有了病，难道不需要儿媳管你？"

英国亲家："我如果生了病，老人公寓自然会送我上医院。"

中国亲家："如果你进了医院，需要陪床，难道不是你儿媳？"

英国亲家："我们英国没有儿媳陪床这一说。她有自己的工作，还有那么多家务，我家儿媳只要来探望我，我就很高兴了。我生儿子，是因为我爱儿子，我从来没有指望我的儿子娶个老婆能为我的晚年有过多的付出。他们正是人生打拼的阶段,有许多事情要做。他们需要努力工作,需要经营自己美满的小家庭生活,需要享受生活。"

中国亲家:"我也爱我的儿子,我也知道他在打拼的阶段会很辛苦。所以我才要和他们住一起,帮他们把孩子带大。"

英国亲家:"你还带孙子!天啊,太不可思议了!"

中国亲家:"为什么?"

英国亲家:"带孩子是父母自己的事,和你有什么关系?儿媳才是孙子的妈妈,她和儿子才有权利决定孙子的事情。"

中国亲家:"儿媳哪里懂怎么养孩子!我儿子都是我带大的,带孙子当然比她懂啊。"

英国亲家:"你这话不对,当初你养你儿子的时候如果你婆婆出来对你指手画脚的,你心里会舒服吗?孩子是她和你儿子的,就该他们来带。"

中国亲家:"我明白了,你早早把孩子赶出家门,你连孙子也不带,你不讲人情,你过于自私,难怪你只能住进老人公寓。"

英国亲家:"我倒是糊涂了,你说你爱你的儿子却又处处打扰他的生活。你说你想帮他减少生活的压力却又要他们奉养你。这一切难道就是为了防老?"

中英两亲家谁也说服不了谁……

雨生、洋媳妇、外国亲家都回北京上班去了。

雨生的母亲逢人便说:"我怎么给老外生了一个儿子?"

雨生的父亲是杨树村一个民办学校的老教师,天下第一倔犟的老头,他的名字叫张智慧,是二十世纪60年代毕业于伊克昭盟中学的高材生,九流三教无所不通,诸子百家无所不晓。尤其擅长哲学、历史、美术,毕业后回村办起了杨树村第一所完全小学,从教十五年,为杨树村培养了一大批人才。后来由于生活所迫回村务农,他在农闲时干木工、砖工,最终离开了自己所热爱的教育事业,没有转成正式工。直到现在,他的弟子都很感激当年他的言传身教、耿直的秉性、个性化教学,都为他感到惋惜。关于儿子的婚事他既不反对也不赞成,有人说他是怪人,也有人说他是圣人,但他最大的心愿就是儿媳能给他生个孙子。

五月正是北方鸟语花香的时节,院墙外围的菜园里翩然飞起三只蝴蝶;远处白杨树上有一只黄鹂侵入喜鹊的巢穴,站立在周边树梢的两只喜鹊叽叽喳喳地叫个不停。红梅因急于参加镇上召开的会议,就催促二军送她去镇上。须臾,二军的车来到镇上会议室门前,红梅匆匆下车开会去了。

二军的车掉头来到街上,看见二蛋推着平板车卖豆腐,就把车停在街边与二蛋聊起老家拆房的事儿。二蛋说：“我在村里、镇上、旗里都有房子，老家的破房子就推了吧。"二蛋原来是村里出了名的贫困户，自从来镇上做起豆腐生意，日子一天天富起来了。一年四季，老婆专管做豆腐，二蛋专管卖豆腐，儿子、女儿上学。二蛋长得实在不敢恭维，样没个样、像没个像、个子矮小、身体削弱、牙齿发黑、满脸褶子、斜吊着眼，笑起来比哭还难看。倒是二蛋老婆长得端庄可人，街上的个体户们取笑二蛋一朵鲜花插在牛粪上了，二蛋只是咧开嘴傻笑。二蛋为人实在，处事随和，谙熟吃小亏占大便宜的经商之道。二蛋卖豆腐从不吆喝，每当有人来买豆腐，不管是认识的不认识的，二蛋总是让人先尝后买，然后在称好斤称的基础上再切一小片豆腐送给买家；对于那些想买豆腐一时没带钱的老主顾，二蛋总是动作麻利地切上二斤豆腐打包进双层塑料袋递给老主顾，说："没带钱，改日给。"老主顾往往都不好意思拒绝。二蛋自然不忘给二军也打包起一大块豆腐。二蛋的豆腐从早晨7点钟投放市场到上午11点钟就卖完了，二蛋收场后往往在市场上溜达一圈才回家。其他卖豆腐的人站在市场上从日出到日落也卖不完，其实二蛋家的豆腐和别人家的豆腐味道都是一个样，做豆腐的工艺都是二蛋一手传承的。

路过"月仙饭店"门前，二军停车摇下车窗玻璃向月仙打招呼："生意怎么样？"月仙迎出来道："不错，不错！

冰柜里没肉了,让四爹赶紧再杀上两个羊给我捎过来吧。"二军回应后随即开车走了。自从大军跑上了长途货运,月仙在村里就不甘寂寞,来镇上开起饭店,刚开始时门庭冷落,渐渐地吃饭的人多起来了,亲戚邻居来饭店吃饭月仙从来不要钱。人传人,人帮人,正是这些亲戚邻居成了月仙日后生意兴隆的靠山,村里谁家小孩过满月、生日小聚、红白喜事……都在月仙饭店置办。

　　二军在镇上的白平蔬菜店买了很多蔬菜,装在后备箱里返回村里,看到挖掘机在挖掘自来水沟,新翻起的土堆绵延数公里像一条长龙。为了赶在雨季来临之前完工,挖机司机们一天三班倒加紧施工,有时连饭也顾不上吃。二军买的这些蔬菜是给司机和安装自来水的工人准备的。北方地区十年九旱,杨树村自然也不例外。人工打的10米左右深的筒井早已干涸见底,人畜饮水一直困扰着村民们的生活、生产。二军在村两委会上多次提到解决人畜饮水困难的问题,有人赞同,没人拿钱。好不容易争取到镇上的资金支持,但还是不够,还需自筹一部分,村委会做了预算,户均还需出资1200元。这项提议引起外出打工家庭的强烈反对,原因是他们外出打工不吃水,自然就不交钱。

　　二军顶着压力,自己垫资,督促工人们建水塔、铺管道、回填土方,紧锣密鼓地进行着自来水工程。紧接着是危房改造、旧房打造、老房拆除……村里的事情杂七杂八,零零总总,这可忙坏了二军。

夜幕下的村委会会议室挤满了各家各户的主事人,多为男人。老牛头坐在靠后的角落里抽着烟。屋里哄吵声不断,烟雾缭绕。月仙忙着给众人倒水;李二婶漫不经心嗑着葵花籽;三赖有天没日,摇头晃脑地唱着山曲……

二军用力拍打着桌子:"安静!安静下来!众人陆续安静下来。"

妇女主任夏冉琴道:"快把烟掐了哇,这么多人呛死呀!"

大多数人掐灭烟头,只有老牛头仍在抽着。有人打开了窗户,烟从窗户向外涌出。

二军道:"今天把各位主事人请过来,是要告诉大家一个特大的好消息,按照国家美丽乡村建设的精神,镇政府要给农村的所有村社修路、盖房、农网改造、上自来水、搭戏台、建广场,还要盖医疗室、超市。城里人有的,我们也一样有。"

驻村干部小李说:"农民爱土地,工人爱机器,解放军爱武器,为了我们的长远利益必须牺牲眼前利益。"

众人小声的议论:"农网改造、上自来水、修桥补路是好事呀!"

二军继续道:"安静!安静!上自来水这个事确实是

好事,大家都明白,但是也要提前说清楚,上自来水说不定会挖上谁家的地疙塄塄,也占不了多少,管道铺好后还要回填的,不会影响种地。政府贴上钱给咱百姓办好事办实事,咱也要配合点儿,不要为难人家政府,不要因为蝇头小利影响咱全村的大局,这也是我今天召集大伙儿来开会的主要意思,你们看,支持不支持吧?"

战荣站起来说:"支持,怎么不支持,要占也是占个边边畔畔,有甚了,上自来水是家家户户的事。"

大多数人点头支持,也有少部分人窃窃私语在议论。

老牛头拉着脸,一言不发,将烟头按到桌子上拧灭。众人看在眼里。老牛头咳嗽了两声,终于发话了:"看情形村里上自来水挖我家的地最多,村里给我咋补偿了。"

二军道:"你家上不上自来水吧?"

老牛头答:"当然想上了哇!"

二军说:"为了给你们父子三家上自来水,工程队的挖机多挖了四里路的沟壕,多铺了四里的管道,你说该咋补偿吧?"

老倔头聂踹道:"哦——哦——哦,那就挖吧,那就挖吧!"

二军继续说:"村里修砂石路,实现村村通、户户通,但是砂石路拓宽了原来的路基,挖了各家各户农耕地的地头地畔。大部分的户子通过了,个别户子通不过,大家议一议,怎么办?"

张一霸说:"我家的农耕地不能动,土地是红线。砂石路经过我家地畔窄一点不就行了嘛。"

谢是非说:"农耕地是我的命根子,哪能说挖就挖呢,要挖就得给土地补偿款。"

二军说:"砂石路是村里修的,是集体用地,不是国家用地,国家不给补偿,村里没钱补偿,只能用村集体的地补偿。"

张一霸说:"不行,村里修砂石路国家肯定给补偿款,补偿款是让你们村官给吃了,你们这些村官谁信呢?"

谢是非说:"我已在地畔挖了壕沟,把我家的三轮车开进去堵上了,谁动我的农耕地谁掏钱。"

二军说:"你们简直是村匪路霸!村里的砂石路修好,村里人走,你自己也走,你咋能这样呢?"

"反正修砂石路不能动农耕地。"张一霸和谢是非一唱一和。

杨树村三社的村民会不欢而散,但杨树村三社的砂石路全线贯通,只是砂石路经过张一霸、谢是非家的农耕地地畔窄了许多。

三年一届的村两委换届选举转眼间又到了,在第一次村主任预选中二军占656票,村里的两位年轻候选人占163票和41票。在第二次选举中,二军提出不再当村主任,可村里的党员一致要求二军当选村支部书记。就这样二军放下村主任的担子,又挑起村支部书记的担子。杨树村的美丽乡村建设工程依旧进行着:人畜饮水解决了,农网改造到户了,砂石路修到村里了,多路微波电视进户了,危房改造、旧房打造、老房拆除依然进行着。93岁的解老旦老人感慨地说:"历朝历代都是朝廷向百姓催要皇粮国税,只有共产党的政府才为百姓办实事、谋幸福。"

晚秋的糜谷散发着秋香,大田玉米如期成熟,玉米棒饱鼓鼓的,一个个玉米棒像腰里别着手榴弹的集团军士兵般挺拔待发。水地的土豆最小的也有拳头那么大。以前种旱田广种薄收、人哄地皮、地皮哄肚皮、粮食歉收;现在种水田少种多收、改土改种、机耕机种、粮食丰收。一户青壮劳力经营四五十亩甚至上百亩水田,粮食产量超过以前一个社二三十户人家的总产量,看来三农大有可为。伟人毛主席说:"水利是农业的命脉""农业的根本出路在于机械化"的话并不过时。田间的秋舌儿在声声地叫着:知了——知了——知了……

二军正在陪同市、旗领导查看杨树村美丽乡村建设工程,一行人走在机井水田的田野上。这时有不少村民也尾随而来,这边田间小路上镇里的秘书小许边走边给村民们解释危房改造、旧居打造的有关补贴政策;那边村里的驻村干部们在帮助养殖户高老鸢打扫户外卫生，秸秆成垛，塑料焚烧，垃圾清扫，一时尘土飞扬。

高老鸢感激地说："政府帮助我盖房子，干部帮助我打扫卫生，叫我怎么说才好呢?今天我杀羊招待你们吧。"

赵书记说："老哥哥，算了吧。你的羊也不多，把羊卖成钱也是一项收入嘛！再说我们有纪律。"

高老鸢恳切地说："你们不吃饭，进屋喝口茶总可以吧。"

"喝茶可以。"赵书记一行抬脚走进高老鸢家，众人鱼贯而入。

高老鸢在柴灶上熬上了红砖茶，老伴儿在电灶上煨了一锅羊奶，不一会儿，一锅地道的奶茶端上来了，高老鸢和老伴忙着给众人盛上一碗碗香醇的奶茶，室内顿时奶茶飘香。

看过杨树村美丽乡村建设的进展情况和机井水田，镇上的赵书记一行又驱车到别的村实地了解了一下情况，小车缓行在乡村土路上带起一路烟尘，赵书记陷入了沉思中:改革开放近40年来，农村发生了亘古未有的变化。退耕还林后植被恢复了;美丽乡村建设后，水电路讯房、社商文教卫得到了改观，农业的基础做好了，可返乡务农的人还是不多。眼下的情形是干部下乡助三农，农村有房无人住;农民外出务工热，城市无活有人去。移民区入住的人少,蔬菜大棚靠政府补贴来维持,节水灌溉没能发挥效益,养殖户的猪、牛、羊养起来却卖不上价,农民收入少,产业结构怎样调整才是最佳方向。民间融资的崩塌,诚信受到冲击。前几年村民们的血汗钱在融资商的暴利驱使下流向了典当行的黑洞里,由家家放贷变成了户户讨债。农村留不住年轻人,村里的年轻男女一旦走出了这个小天地,上大学的年轻人在城里找工作、找对象;打工的青壮年在城里买房子、找活儿做,他们的身份由农民工悄然变成了城市人。留守在村子里的老弱病残们一没体力,二没技术,他们承受着孤独与寂寞,依然按照原始生产方式经营着那片祖祖辈辈只能填饱肚子而不能发财致富的土地,大片的水田撂荒。每当村里有老人去世,就连抬棺木出殡的四个青壮劳力也凑不齐。农村留守的老人和进城务工的子女就像一棵枝繁叶茂的大树,这棵树根扎在农村,枝叶已伸进了城市。作为根的老人牵挂着作为枝的子女,作为枝的子女惦记着作为根的老人,毕竟血浓于水。只有到了春节前夕,那些有钱的没钱的外出务工归来的打工族、上班休假的工薪族才会拖儿带女回家过年,给沉寂的乡村带来喜庆祥和的勃勃生机,那情景才是新农村的愿景。

杨树村的秋夜空旷而宁静,时而传来被惊起的野鸡发出扑棱棱哨音,那响声宛如腾空划过的火箭炮的声

响;时而传来夜猫子啊——啊——啊——的叫声,那声音凄厉婉转;时而传来夜行者的悠长歌声,那歌声悠闲恬静:

星星还是那颗星星——
月亮还是那个月亮——
山也还是那座山哎——
梁也还是那一道梁——
老百姓过上好光景——
舒心的日子比蜜甜——
富民政策呀暖人心——
共产党的恩情比海深——

三、杨树村引水起风波

杨树村有两个标致媳妇儿，一个是月仙，另一个是香妃。月仙长得白净、端庄，人称"白牡丹"；香妃长得微黑、秀丽，人称"黑牡丹"。相同点：两人都30多岁，都在镇上经营小饭店，两家的老公都是长途货运司机，两家都有两个孩子，一男一女。不同点：白牡丹家的饭店在十字街东，黑牡丹家的饭店在十字街西；白牡丹的拿手绝活是炒菜，黑牡丹的拿手绝活是炖菜；白牡丹为人干净利落，从不贪占顾客的多给的钱，黑牡丹为人大大咧咧，三五块钱免费让利于顾客。奇妙的是两家的生意都做得风生水起。这一天，白牡丹和黑牡丹相约回杨树村挖苦菜，原因是最近餐桌上急需苦菜，顾客都说苦菜是绿色天然蔬菜，健康营养，好吃得不得了。白牡丹和黑牡丹在杨树村田野上各挖了一篮苦菜，开车准备回镇上，正巧遇上许老汉给乡亲们闹红火，于是两人下车驻足远观。

"猪肉羊肉都是肉，他大舅、他二舅都是舅；绿豌豆、黄大豆都是豆，白牡丹、黑牡丹都是花魁。"

86岁的民间艺人许云泽坐在自家门前的大榆树下

一边弹起三弦,一边唱起段子。围观的人有放暑假回村的顽皮萌童;农忙休闲的庄稼汉;下基层、进万家的驻村干部;也有进行美丽乡村建设危房改造的农民工。在众人的一片叫好声中有人提议:"老神仙来一段新的,说说美丽乡村建设吧!"许老汉略一踟蹰,拨转琴弦张口就来:

"如今咱吃水再不用愁,拧开水龙头白天黑夜时时有;农网改造后用电真给力,洗衣、做饭、浇地、加工样样都方便;一出门,脚不粘泥上油路,代步的摩托车、农用车、小汽车家家有;千里眼、顺风耳不再是神话,玩手机、看电视悠闲劲儿不亚于神仙;新村的旧屋子打造成'王府院',琉璃瓦、女儿墙、农家乐古朴新颜……祖祖辈辈没把生活过成这个样,全沾了共产党惠民政策的光。"

"许老汉真神人也!"

"许老汉真有才气!"

"老神仙,又在编排我们俩,干脆去我们饭店红火吧,管吃管住管工资"白牡丹笑说到。

"神仙老汉,来我们饭店表演吧,管吃管住管工资还管老伴呢。"黑牡丹笑到。

"我哪儿也不去,杨树村杨树大,大杨树下好乘凉。"许老汉诙谐地回答到。在众人的一片赞美声中,许老汉一手拿着三弦,一手提着小板凳径自回家休息去了。天边的晚霞绯红绯红的,瓦蓝的天空下杨树村又恢复了往日的平静。众人意犹未尽,渐渐散去。

提起许云泽十里八乡的男女老幼无人不知,无人不晓。生的三个女儿个个如花似玉、亭亭玉立;生的儿子诚实待人、朴素大方。儿女们成家立业,工作的工作,上班的上班,唯独老人守在家闲云野鹤、怡然自乐。村里的人看烦了电视机里的时尚节目,唯独喜欢许云泽的乡土艺术,这还真应了"家菜不如野菜香"的俗语。杨树村的家长平日里骂贪玩不回家的小孩都是这样说的:"你是许云泽,哪里红火就往哪里奔?"谁家娶媳妇、聘闺女少了许老汉,场面就清冷了许多。原因是许老汉会唱晋剧、秦腔、民歌、漫瀚调、二人台,而且有时现编现唱,语言风趣幽默。年过八旬的许云泽老人鹤发童颜、耳不聋、眼不花,体质特好,从不感冒。他的粉丝上至八九十岁的老人,下至牙牙学语的顽童。老伴辞世后,儿子想把他送进养老院享福,可他去养老院走了一遭,看见那里的老人都拄着拐杖,他说:"棍乞圪揽,让人难看。"他就再也没去养老院,儿子只好把他接在自己家。儿子把年久的老屋翻修了,用断桥门窗替代了鹳雀门窗。他哭着说:那是30年前我苦一滴、汗一滴建的咱们这儿最好的房子,我想留下老房子,你们偏要拆旧建新赶时髦。

许云泽年轻时正赶上清朝放垦,他是随买地的父辈们从陕西迁入杨树村的,16岁上就娶了一位18岁的俊俏大家闺秀为妻。他只贪玩,不顾家,读过私塾,参加过陕西老家的社火表演——扭秧歌,踩高跷是他的绝活。他常常一甩掉表演道具,火急火燎地回家掀起母亲的衣襟吃起奶来。亲戚邻居取笑,父亲只是叹息:"此儿永远长不大?"

父亲英年早逝,家道衰落,他饱经了艰难困苦;新中国成立后土改了,他分得一份土地本分务农,自给自足;文革期间,他被无端打成"内人党"遭到批斗,无所适从;改革开放后,他领了20元平反抚恤金,开始种大棚蔬菜、办裁缝铺、开旅馆饭店,成了杨树村第一个万元户。如今的许云泽老人在家颐养天年,闲暇时自娱自乐,豁达开朗,俨然一个与世无争的"不老童。"

初夏,杨树村的早晨天朗气清,一院农家新居,门厅里一字儿排开挂着四个红灯笼;远处绿树田园,牧羊人赶着一群羊走过村道,路面上尘土飞扬。近处一村民骑着一辆三轮摩托驶入新村,车上拉着一团自来水塑料管,行驶在黑色的村道上。彩虹驾车向新村驶来,在老倔头家门前停下接电话。

彩虹:"你好,哪位领导?"

对方:"杨树村二军"

彩虹:"张支书有什么指示?"

对方:"老倔头把引水工程的挖机堵住,不让开沟。"

彩虹:"不是以前开会说好了吗?"

二军:"你现在到了哪里?"

彩虹:"在老倔头家。"

二军:"怎么不来工地上劝劝老倔头?"

彩虹:"张支书放心,不用劝,一会儿老倔头会自己回家的。"

对方:"哎呀——我们众人好说歹说都不顶事,你看你……"

彩虹挂了手机,提起了一大包东西向新居走区,径直来到老倔头家,老倔头新居窗明几净,摆满盆景花卉。

二妈(开门出迎):"哎——干部女子,你怎么来了?"

彩虹:"想二婶、二叔了呗,今天下乡顺便过来看看二老。"

二妈:"快进屋,快进屋,自从红梅女子调入镇上,我天天盼着你呀!"

彩虹把一大包东西交给二婶。

二妈:"闺女,来就来了,买东西干甚。"

彩虹:"哎,二叔哪去了?"

二妈:"去引水工程上看挖机开沟了。"

彩虹:"听张支书电话里说,二叔去堵挖机不让开沟了。"

二妈:"哎——这个老倔驴,眼看人畜都吃不上水了还捣乱,我立马把他拉回来。"

彩虹:"二婶别急,你要去就说有重要亲戚来啦。"

二妈:"知道了。"二妈说完匆匆离去。

老倔头50岁左右,浓眉大眼,粗胳膊壮腿,头戴深蓝帽,身穿黑色拉链休闲服。

老倔头倒背双手气冲冲地进了门嚷嚷着,二婶也尾随进屋。

"哎——呀——呀——我当是什么吃劲亲戚,原来是个下乡干部女女。"

彩虹:"怎么?不欢迎?"

老倔头:"欢迎,欢迎,热烈欢迎。"

彩虹:"是谁惹二叔生气了,快喝口水,消消气。"

老倔头:"村里上人畜饮水工程,数挖我家田地最多,我心疼我的土地,我去村里要点儿补偿,张支书就说我胡搅蛮缠。"

彩虹:"农民爱土地,我能理解呀。"

老倔头:"说便宜话,不挖你家的地你又不心疼,你能理解到哪里去。"

彩虹:"二叔,开了沟,水管埋进去会回填的,不会影响春播的。"

老倔头:"咋没影响,众人众事,凭甚就挖我家的田地?"

彩虹："二叔说的也在理呀！"

老倔头："当然在理,咱犯法的事不做,理亏的话不说。"

彩虹："那么,二叔,你家还上不上自来水吧？"

老倔头："上呀！为甚不上？人工水井都见底了,人畜都吃不上水了,我手支磨扇——急等着呀！"

彩虹："二叔是个说理人,你家住得偏远,村里为了给你家上水,多挖了两公里壕沟,多铺了两公里管道,你给政府咋补偿？"

老倔头："这——这——这——"

彩虹："我知道二叔爱土地,是我们的工作没做好。"

老倔头："干部女子,服了,服了,挖吧！挖吧！我再也不反悔了。"

彩虹："谢谢您老配合我们的工作。"

老倔头："谢啥,你们跑前忙后也是为了我们村呀。"

……

杨树村的人畜饮水工程终于完工了,清澈的自来水流进家家户户。二妈拧开水龙头把水缸接满,又把锅、碗、瓢、盆也接满。

二军："接这么多水干啥,以后天天有水。"

牛健："水来了,我们试着饮一饮羊吧"(牛健把水管拉到羊圈水槽边,水直冲到水槽里泛起了水花。)

彩虹(倚在羊圈口)："水挺大的嘛。"

牛健只顾看彩虹,身子一歪,水径直向彩虹射来,彩虹满脸满身都是水。

彩虹："你真坏。"

牛健："哦,实在不好意思。"

彩虹："怎么是你呀?老同,农大毕业这几年上哪去了。"

牛健："在A镇学校当老师。"

彩虹："这是你的家呀？"

牛健："是的,今天双休日回家看看爸妈。"

彩虹："怎么也不见你的那一位？"

牛健："我的那一位还没有出生呢。"

彩虹："哦。"

牛健："你呢？"

彩虹低头不语。

二妈："干部女女,快换一身干衣服吧,着凉呀。"

彩虹："没事儿,不能便宜了他。"

彩虹笑着从牛健手里抢过水管,对着牛健就冲起来,喷出的水在阳光的折射下形成了一道彩虹,霎时牛健就成了落汤鸡。彩虹方才罢手,众人笑得前仰后合。

老倔头："哎——呀——呀——,你这个女子,怎么故意往我们小子身上冲水。"

彩虹："怎么？二叔心疼你儿子啦？偏心眼。我们俩玩儿呢！"

二军："二叔，今天自来水给你家冲来了儿媳妇，就看你接纳不接纳吧。"

老倔头："在哪？"

二军："远在天边，近在眼前。"

老倔头："这可能么？"

彩虹："张支书，你净瞎说。"

二妈："别闹了，你们快进屋把湿衣服换一换吧。"

牛健拉着彩虹的手进屋换衣服。

老倔头："哎呀——呀——呀——，刚才还……咋又拉上手啦？"

二军："你呀，真是一把老镢头，年轻人的事你就别操心啦！"

室外是一个艳阳天，花红草绿，莺歌燕舞，有两只小燕子在新居门厅檐前筑巢。彩虹换上粉红色裙子，牛健换上深蓝色西装。一同回屋看电视，电视呈现《江山》MTV画面：

"打天下，坐江山，

一心为了老百姓的苦乐酸甜。

谋幸福，送温暖，

日夜不忘老百姓康宁团圆……"

时值七一建党节前夕，支书二军接到杨树村绿化大王刘海云的邀请,邀请杨树村全体党员七一到他家里活动,中午提供午餐。海云一来让党员们看看自己的绿化成果;二来和党员们共谋杨树村的未来发展。海云是党员,他觉得自己有义务带领乡亲们共同致富、建设新农村。海云大学毕业后在E市公路工程处任职,15年间,他率领工程队除了在本省修了很多样板黑色路面,还跨省修了几段优质公路。他深知公路绿化对公路护养的重要性,常年的野外作业,使他积劳成疾。海云的家在E市,可大部分时间海云在杨树村种松树,他病休后唯一做的事就是在杨树村为公路绿化储备树种。海云在杨树村种植了近10万多棵松树,因海云当干部是城市户口,松树只能在父母的五荒地上种,后来他的哥哥和弟弟硬说父母的五荒地有他俩的份,要海云给予他俩一定的经济补偿,事实上海云这几年只载松树,没卖过一棵松树,拿什么补偿?家家有本难念的经,这可难坏了海云。当二军和众党员走近海云家,郁郁葱葱的松林尽收眼底。杨树村因为有了松树而变得美丽,松树因生长在杨树村的沃土上而旺盛。

　　海云的少儿时代是在杨树村度过的,大自然中成长了坚强的农村娃。不像现在的柔弱宝贝这也不能玩那也不能做。给海云印象最深的是队里开大会,经常是四五百人围坐在塘坝的大杨树下听目不识丁的老支书讲话:

国际形势、国内形势、把"文化大革命"进行到底、反击右倾翻案风、割资本主义尾巴、农田水利基本建设、生产任务、家长里短、邻里纠纷……往往一讲一个上午。海云特佩服这个大老粗,讲起话来竟然滔滔不绝。参加开会的村民席地而坐,闭目养神。那时海云和一群赤条条的小孩穿梭于席地而坐的大人们之间,憨厚的叔叔婶婶把子亮搂入怀抱中,这个摸摸他的小脑袋,那个摸摸他的"小鸡儿"打发那无聊的时光。而老支书远远地看见海云这些孩子,他的讲话也就结束了,最后总免不了抱起海云用胡子扎一扎。于是,众人也解脱了,大会在口号声加锣鼓声中结束了,众乡亲四散离去。每年春夏轰轰烈烈的大生产,到了冬天却无粮过冬,那时村民们的生活过得特别苦。吃的是糊糊和菜稀饭。干的是学大寨修田筑坝的重活。即便如此,人们的精神生活大于物质生活。年青男女白天干活晚上参加毛泽东思想文艺宣传队的节目排练。小孩子自然会去看热闹的。队长给老实巴交的父母派的是重活,挣得是最少的工分。家里兄弟姐妹多,自然吃了上顿没下顿。生活的困境,邻居的嘲笑,给海云幼小的心灵上留下了阴影。海云发誓通过"知识改变命运"。于是他忍饥挨饿,刻苦学习,考上了大学,最后如愿以偿地走出了家乡,走上了工作岗位。

盛夏烈日炎炎,骄阳似火。水对人的诱惑力特别大,几乎是全村的女女小小光着屁股都去塘坝里玩水。家里人出于安全考虑不让孩子玩水，严格看管着各自的孩子,大人们大都是领着哭着的孩子回的家,海云也不例外。随着时间的推移,小伙伴们的身子长高了,在玩水中掌握了一定技巧,什么狗刨刨,什么仰泳,水里憋气样样都会。往往是小伙伴们前脚去塘坝偷偷地游泳,父母后脚在后面急匆匆地追赶,小伙伴们从大坝这头扎进去从那头游出去,再从二坝这头扎进去从那头游出去,紧接着从三坝这头扎进去从那头游出去。海云的游泳速度最快,动作也漂亮。后来的日子里父母干脆不管了,有时父母成了孩子们的忠实观众了。大人们在树下抽烟聊天,小孩子们在水里尽兴地游玩,小伙伴们游够了才上岸回家。

　　仲冬中旬的月夜,月明星稀,一丝儿风也没有,天气相对比较暖和。山川、河流、树林、村庄一切都在静谧的月光下，一群少男少女在冰冻的像大镜面的小河里划冰。有时冰车与冰车撞翻了,有人滑倒了,磕磕碰碰,熙熙攘攘都是在所难免的一桩小事。一直到月落星残,他们才恋恋不舍地回家。海云家住在河湾的北面,学校在河湾的南边。冬天的河湾像一面大镜子,是个天然的旱冰场。冰车是用铁条钉在两根木头上再加六根横木自制的。海云和伙伴们尽兴地溜冰,有时竟然忘记了上学时间而迟到。宽容的老师也总是稍加训斥一番,就不再追究。一天的课程从快乐中开始了。

海云有三段恋情,恋人分别是:白牡丹、郁金香、小鲜肉。

白牡丹和海云是邻居发小,又是小学至初中同学,白牡丹一直倾慕着海云,海云也暗恋着白牡丹。海云大学毕业后便参加了工作,在回村看父母时,得知白牡丹初中毕业后便辍学,现在仍待字闺中,海云便和白牡丹鸿雁传书,后来更是海誓山盟。可白牡丹的父亲横竖不同意这门婚事,原因是海云家太贫穷。虽然海云参加了工作,但依然是一个穷干部小子。白牡丹的父亲给女儿选的乘龙快婿是一个复员军人小朱。小朱长得精神,人也勤快,酒量特大,通常在酒宴上数瓶子不醉(后来成了酒仙),加上媒人把朱家吹嘘得如何如何的富有,白牡丹碍于父母的坚持就违心的嫁给了小朱。按照当地习俗,订婚仪式在白牡丹家举办,小朱特意从小卖铺买来几栋子烟花在白牡丹家中院子里燃放起来。绚烂的烟花,划过了夜空,也划破了白牡丹和海云的浪漫美梦,而此时的白牡丹和海云沉浸在失落、流泪、彷徨之中。

和郁金香交往是在一次同学聚会上开始的,双休日两天的聚会,除了海吃海喝就是休闲旅游。那天前来聚会的男同学大都在大厅的餐桌上抽烟,只有海云一个人不抽烟。生活中主动抽烟是一种享受,而被动吸烟就是一种难受。海云躲在茶座里喝茶,大厅里的一帮女同学由于受不了男同学的烟雾熏陶也辗转来到茶座里。于是,大厅里爱抽烟的男同学吞云吐雾地谈工作、谈事业、谈金钱;茶座上海云和众女生海阔天空地谈家庭、谈婚姻、谈爱情。众女生都知道海云是单身,就开始为海云介绍对象,海云一一谢过并回绝。只有一位女同学郁金香一言没发,表情忧郁地望着海云,海云下意识地预感到自己将要与眼前这个女人有一个交集。郁金香在大学里是一名校花,和海云是大学同学。海云怎么也不会想到曾经的校花会和他面对面,近距离地四目对射着,而且目光里好似有许多想说的话。郁金香作为花名馥郁浓香,作为人名美不胜收。海云是学霸,上大学从来也不敢有非分之想。谈情说爱本来就不是海云的强项,海云一时木讷了,倒是郁金香主动要了海云的手机号码。好在在同一个市里,聚会以后的日子里郁金香曾经主动约海云一起吃饭、散步、交流。不说花街柳巷的迷人,也不说喷泉假山的诱惑。直至两人谈婚论嫁、成家立业、结婚生女。相爱总是简单,相处太难。后来由于两人性格不合分手了。房子、女儿判给了郁金香,海云又回到单身生活。

遇到小鲜肉纯属偶然,在一次下雨天的路上,海云开车从W旗回E市,有一个女子急促地挥手拦车,说要回东胜。海云便停下车,让女子坐在了副驾驶座上。海云侧目一看:这个女子长得肉肉的、嫩嫩的,颇有喜感,活泼可爱。海云心想:真是个小鲜肉。

小鲜肉感激地说:"谢谢大哥了。"

海云开玩笑到:"叫我大叔好了。"

小鲜肉:"你有那么老吗?"

海云:"32了,还是单身,你说老不老?"

小鲜肉:"这么说我26了,也老了吧?"

海云:"你是大学生?在哪儿上班?"

小鲜肉:"本科,在W旗路政。怎么,查户口还是政审?"

海云回头一瞥,发现小鲜肉的气质、颜值美轮美奂,海云有点儿心动了。海云开车把小鲜肉一直送回家,小鲜肉硬是挽留海云吃了饭再走。小鲜肉的父母以为女儿领回了对象,便嘘寒问暖,生活工作,事无巨细,问的海云应接不暇。晚餐是在和谐的气氛中进行的。末了还是小鲜肉主动要了海云的手机号码,海云自然话少。随着时间的推移,也是有情人终成眷属。海云和小鲜肉顺利地结合在一起。一年后,小鲜肉给海云生了一个聪明可爱的儿子。

二军和党员们离开海云家,又接到杨树村齐心元种养殖合作社何英的电话邀请,何英希望村委会和党员们现场参观一下养殖场。何英与丈夫王瑞军于2012年7

月份注册了伊金霍洛旗齐心元种养殖农民专业合作社。据何英介绍:"合作社现在养羊350多只,加上每年买进卖出的羊,年出栏肉羊1000多只,合作社计划明年把肉羊加工、包装、销售,办成一条龙流水作业线。"二军和众党员看了一时瞠目结舌,二军说:"我们今天不是指导指导,而是现场学习学习,你们干得漂亮。"何英接着说:"刚开始的两年,建棚圈、买种羊、储草料、跑销路没资金,差点儿把人累死,一年见不到钱,不知新版人民币长啥样。现在好多了,就是人忙了点,靠买进卖出有了些收入。创业贷款放的少,现在合作社的发展依然资金短缺⋯⋯"

支书二军和众党员来到三赖的新居,三赖忙不迭地从屋里迎出来,委屈地冲着二军嚷嚷开了:

"张支书,沿路的户子是亲娘生的,偏远的户子就成了后娘养的啦?三婶家在路边的危房改造给的是50000元补贴,我住得偏远:危房改造就只给21500元补贴?"

二军说:"有差异很正常嘛,区位优势呀。沿海的深圳、珠海、汕头、厦门是特区,而内地的苏州、杭州、宁波、无锡就是普税区。你偏远户子怎么能跟沿路的户子比?"

三赖说:"别整那天南地北没用的,我住的偏远就理短了?你们不是天天讲什么公平、公正吗?这么点儿钱,就算主房盖起了,玻璃拿什么安?院子拿什么铺?涂料拿什么滚?"

二军说:"最近不是刚给你评了低保,低保户也给个五千六千吧?三叔快别哭穷了,自己想办法吧!"三赖觉得很委屈。众党员笑着走过了三赖家。

七月的南方已是热浪滚滚,而七月的北方依然凉风习习。美丽乡村建设开展后的杨树村呈现出了新农村的雏形。那水,静静流进农田里;那电,远远地输向用电户;那路,条条通向村镇;那讯,方便了千家万户;那房,栋栋敞亮美观。

四、都是烧酒惹得祸

杨树村有创业致富的大款，也有身无分文的特困户。大凡特困户都是单身男性，杨树村的这两个特困户还有一个特点——都是酒仙：一个叫石成后，另一个叫郝占魁。每逢过年，两酒仙就是赊账也要去商店赊回10件白酒才能过年。乌龟过年，王八也过年。凡人过年准备美食，酒仙过年自然就要准备美酒。以前成后和占魁都是瓦工，村里很多人家的房子都是他俩领着众人盖的，成后和占魁挣了不少钱。两人都成过家，后来因为贪酒，女人们觉得日子过不下去都离婚走了，也没留下子女。占魁和成后嗜酒如命，一喝就醉，一醉就是一周的时间，一年365天，200天的时间是在喝酒，100天的时间在醒酒，65天上街买酒、休闲。今天我请你，明天你请我。两酒仙不爱女人爱白酒，嫌女人唠叨，打扰他们的酒兴，最后索性把各自的女人们都打发了，终于修炼成一条条潇洒的酒仙。春天镇上搞结对扶贫，镇上张书记帮扶占魁和成后两家贫困户，给他两家送去价值6000元的化肥、种子、农药，还给两家交足了水电费，鼓励他俩发展种养业。两酒仙表示：一定不负领导的关怀,准备大干一场。可是到了夏天,当张书记去村里了解两家的生产情况,发现两酒仙根本就没种什么庄稼,而是把化肥、种子、农药廉价卖给了邻居,变成了现金继续买酒喝。书记在村里找到两酒仙,两酒仙正在喝酒。见书记来了,两酒仙连忙给书记递上酒。书记气得一没接酒,二没说话,连夜回镇上召开紧急扶贫会议,号召驻村干部,精准扶贫要扶可扶户,坚决不能扶像郝占魁和石成后这类扶不上墙的烂泥……秋天,村里的人家都在忙着收秋,割玉米,扒玉米,两位酒仙因喝酒喝成了胃出血双双住进了市医院,是二军支书开车送去的。经检查诊断,专家给出结论：长期饮酒,胃癌晚期,得马上做手术,但手术后缝合肚子时,肚子连针线也吃不住了,手术没多大把握,只能吃药维持。待两位酒仙稍有好转,二军又开车把二位酒仙接回村里。没过几天,两位酒仙便"驾鹤仙逝"了,时年占魁49岁,成后51岁,两酒仙享年平均50岁。

深秋入夜,几只猫头鹰落在杨树村的大杨树上,发出几声渗人的哀号。这一天,温和冰、符平、水山林三人给杨树村鲁玉欣家安装太阳能热水器,因为平时几人关系比较好,干完活儿,四人晚上一同驱车到杨树镇温和冰处饮酒。水山林不善饮酒,中途离去。只剩温和冰、符平、鲁玉欣还在喝。凌晨三时许,符平再也喝不进酒了,要离开。因车不能启动,符平让温和冰帮忙,温不予帮忙,符平打了温和冰一拳,温拔出随身带的宰羊刀捅了符平几刀。李玉欣在拉架的过程中,胸部、左右臂被捅伤。温和冰的妻子赵憨人在夺刀时手被划伤。温和冰看到符平、李玉欣倒在血泊中,便用刀向自己捅了几刀,最后也倒下了。凌晨六时许,邻居向杨树镇派出所报了案,杨树镇派出所向Y旗公安局转述了案情。Y旗警方查明:此案最终导致两死两伤。公安干警将死者温和冰、符平存放到殡仪馆;伤者李玉欣被送往鄂尔多斯中心医院康巴什部抢救;水山林、赵憨人接受伊旗警方调查。伊旗公安局的刑警档案里赫然记录着邻居的供述:

温和冰,包头昆区人,几年前来到杨树镇,以养羊、贩羊为生,欠了很多外债,生活过得很艰辛。

赵憨人,温和冰的妻子,智障,几乎只会吃饭,不会干活。

符平,杨树镇E社村民,养殖大户,为人精明能干。

李玉欣,杨树镇居民,自由职业。

山水林,杨树镇H社村民,打工族。

二军支书和驻村干部正在做死者家属的安抚工作。最可怜的是温和冰的傻妻子赵憨人,她不会哭,也不会说话,迷迷瞪瞪、傻傻愣愣,整个人呆若木鸡。而死者符平家属:儿子、女儿、妻子、老人、亲戚哭成汪洋一片。有邻居说:"都是烧酒惹的祸,这顿烧酒的代价太大了,害了两个家庭。"也有邻居说:"酒是杜康造传流,能惹万事不解愁。"此时,杨树村有一群小儿传诵着一段小令:天怕乌云地怕荒,民怕懒惰官怕脏;小鸡就怕黄鼠狼,人怕嗜酒命不长。

春节前夕,二军和驻村干部及镇上的领导忙着慰问特困户、空巢老人、大病户。将近年关,眼下最要紧的是把大米、白面、素油尽快送到这些人家,让他们过个好年,让困难户感受到党和政府送来的温暖。当二军支书和镇上杨书记来到新入住的孤寡老人乔生洞和朱翠则家慰问时,二位老人地激动说:吃的有,喝的也有,什么也不需要;感谢政府给我们盖了新房,成了家。两位老人要求把给他们的白面大米送给那些困难户。杨书记感慨地说:"这些老人是中国最好的农民。"

街上的路灯杆边早已挂起了成串成串的红灯笼、中国结,来采购年货的人熙熙攘攘,人头攒动,过往的小车在这个没有红绿灯的小镇十字路口被堵得水泄不通,十几家卖鱼的商贩生意火暴:秤鱼、剐鱼、数钱忙得一塌糊涂。各家商店的门前摆满了春联、灯笼、糕点、炒货、红枣、葡萄干、南北小吃……红牡丹和黑牡丹两家的饭店依然宾客盈门,回杨树村过年的人们多起来了。

俗话说:有钱没钱回家过年。回家过年是每个在外打拼的农民工的企盼。当叶春驾车行驶在返乡的旅途上时,心中的愉悦一时难以言表,刚刚打电话告诉妻子咏梅自己要回家过年,电话那头儿子、女儿欢天喜地劲儿让他很欣慰。他觉得自己愧对家人,一年的时间多在门外少在家,儿女上学、照顾父母这些事自然落到妻子咏梅身上,孩子们的学业、父母的起居自己从不过问。叶春经营着工程机械:压道机、挖掘机、铲车、油罐车……虽然在城里赚了一些钱,但整天忙得晕头转向,有时候也打一打麻将,妻子从来不过问。在这信息社会下,微信平台的出现,给通讯带来了前所未有的方便快捷。咏梅有一个特别的网名"木木夕梦",叶春也有一个不俗的网名"美好一天"。生活琐事、情感交流主要靠微信来交流。咏梅不像有的年轻家庭主妇那样有事没事打电话跟踪遥控。叶春此时最关心的是什么时候到家,回家意味着能见到自己的亲人;意味着至少一年未见的亲戚朋友会有那么一个月的相聚时间,一起聊聊各自在外面的所见所闻;一起聊聊各自在外打拼的辛酸。即使这一年没有任何收获,但在这个特殊的时间必定要回家看看,看望家里的亲人和村里的乡亲,看望故乡的山山水水。哪怕春节的路况拥挤、堵车,就是有再大的困难人们也要回去。事实上北方的冬天天寒地冻、白雪皑皑,冻得人受不了,是春节回家过年的呼唤给人们如此强大的动力。年初离开家时,家人、亲朋好友那些期待的眼神,那些忍住的泪水,那些祝福的家乡话,仍然历历在目,言犹在耳。对于在外打拼的人来说,春节寄托了亲人们太多的思念和倾诉。春节回家过年就是农民工一年一度最幸福的时光。城里人下乡创业,农村人进城打工。春运在飞机、轮船、大巴车、小汽车万千交错中运送着返乡的人流、物流。

叶春驾着小车逶迤地行驶在乡间的土路上,远方的地平线上隐约闪现着杨树村的新村风貌。杨树村原有住户40多户,现在只住着10户,年轻的户子都去外面打工"淘金"了,留守在村子里的都是些老弱病残。小车缓缓行进杨树村,路过叶春养鸡场、万荣养猪场、战雄养羊场……如今的杨树村已今非昔比了,经过美丽乡村建设,不像以前那么穷了,水、电、路等基础设施齐备;也不再那么苦了,村民们吃、穿、用自给有余,村里60岁以上的父辈们都领上了养老金。按照国家政策,种玉米有补贴,降低了农业的成本,春种秋收、农药除草、节水灌溉、机耕机收,现代农业焕发出新的活力,美丽乡村建设使"三农"得到了切实的保障。现在不论是城市人还是农村人都喜欢绿色食品。同样是蔬菜、肉食、蛋奶,来自农村的产品比温室大棚、养殖场价格高一倍,一颗农村鸡蛋能卖到2元,还供不应求,而一颗养鸡场的鸡蛋均价只能卖到0.6元。猪肉、牛肉、羊肉脂肪高,还易吃出"三高",而鸡肉、鸭肉、鹅肉不肥不腻,营养适中,不远的将来鸡鸭鹅肉一定会把猪牛羊肉"赶下"餐桌。城市人的放心食品在农村,部分农民工返乡是必然。随着美丽乡村建设、土地确权、土地流转等好政策的出台,适合大众创业,万众创新的平台已经在农村筑起。

中国传统节日有春节、正月十五元宵节、三月三清明节、五月五日端午节、七月七日乞巧节、八月十五中秋节、九月九日重阳节,其中春节时间最长、最隆重。春节是从腊月二十三到第二年的正月二十三,基本上折腾一个月的时间,主要体现在饮食文化上。民间俚语:二十三祭灶君、二十四扫扫屋、二十五去扫墓、二十六磨豆腐、三十守岁熬年、初一饺子、初二面、初六小年夜、十五闹花灯、二十三迎灶君。北方的饮食受蒙古族、陕西、山西、甘肃、宁夏等地饮食文化的影响,年夜饭即有本地特色也有周边省份的风味:本土的猪骨头烩酸菜;蒙古族的炖羊肉、炒米、奶茶、手扒肉;陕西的年糕、黄酒、拼三鲜;山西的面食、凉粉;甘肃的兰州拉面;宁夏的爆炒羊肉;四川的麻辣火锅……从准备年夜饭的丰盛程度,可以看出北方人的包容。舌尖上的中国最能表现"吃"文化,在物质匮乏的年代,人们为了填饱肚子,最犯难的是"吃什么呢";在物质丰裕的时下,人们为了健康营养,最犯难的是"吃什么好呢"。南方的美食风味在于甜和辣;北方的美食风味在于咸和酸。南方人青睐鸡鸭鹅肉和海鲜,北方人习惯猪牛羊肉和烈酒,这是由于地理气候决定的。

春节的农贸市场上食品可谓丰富多彩、异彩纷呈。水果有苹果、葡萄、香蕉、柑橘应有尽有;肉食有猪肉、牛肉、羊肉和各种海鲜样样俱全;面食有米酒、年糕、馓子;米食有大米、小米、黄米、炒米。其余的商品有烟花、爆竹、灯笼、春联、窗花、烟酒、茶叶……叶春特喜欢这种人来人往的购物气氛,于是照单置办了一批年货。

浓浓的年味儿飘荡在杨树村的角角落落,脉脉的亲情夹杂着几代人的团聚。除夕这一天,叶春在自家门窗上贴上了春联,又挂上了红灯笼和中国结。女儿换上了新衣服在老妈面前走了一圈,问:"奶奶,我有'范儿'吗?"老妈回答:"有啊,'饭'在锅里,自己盛去。"女儿笑了,奶奶乐了。儿子问老爸:"爷爷你有微信吗?"老爸答道:"我早没有'威信'了,咱家你妈说了算,想要好吃的、好玩的找你妈要去。"儿子似懂非懂地笑了,爷爷懵了。孙子问老妈:"奶奶你会'下载'吗?"奶奶火了:"我不会'下崽'你爸是从哪里来的?"孙子哭笑不得:"我是问你会不会用电脑'下载',不是问你会不会'生孩子'。"一盘凉拌苦菜端到摆满年夜饭的餐桌上,儿子、女儿抢着吃。老妈说:"别抢,别抢,又不是什么好吃的,小时候家里没粮,每到夏天几乎天天净吃苦菜,把人给吃的够够儿的。"女儿说:"奶奶小时候真幸福,天天能吃到苦菜。"全家人都笑起来了,孙女羡慕奶奶能天天吃苦菜;奶奶笑孙女不理解过去的苦日子。一家子各笑各的其乐融融。虽然年味里夹杂着解释不清的代沟,但是却有割舍不断的浓浓亲情。过年有着喜庆、热闹、团圆的气氛。

叶春小时候最盼望的事就是过年,每年过年父母会做许多好吃的,有米酒、油糕、炸丸子、粉鸡肉。其中粉鸡肉是姐姐的最爱,也是叶春的最爱。父母还会买漂亮的新衣服,在物质匮乏的年代,人们只在过年的时候才穿新衣服,平时是不穿新衣服的。孩子们收到长辈们给的压岁钱,兴奋的心情几天不能平静,长辈们通常五角、一元的小面额人民币,弥足珍贵。叶春舍不得花,就一直积攒到开学,用压岁钱来买本子、铅笔。每当过年的前几天,村里人都在忙碌着,一群小孩子聚在一起瞧瞧这家磨豆腐;看看那家蒸馒头;到二先生家看老学究写春联;去村西头的李婶家喝米酒;去老高叔家吃年糕。杨树村民风淳朴、邻里之间最舍得给孩子吃东西。过年那天贴对联、堆火塔、贴窗花是父亲最忙活的事情。到了晚上,全村的小伙伴都会聚到一起围着火塔放鞭炮。记得姐姐那时最喜欢放鞭炮也最怕放鞭炮,于是叶春就为姐姐代劳放炮,找一根细长的柳枝系上一链鞭炮,姐姐一端握着柳枝,叶春去另一端点燃。一阵噼噼啪啪爆竹响过,姐姐后悔起来了,姐姐觉得鞭炮还是弟弟叶春放的,而弟弟的鞭炮还没放呢,于是姐姐就让弟弟给他赔鞭炮,要赔10个、20个、30个小鞭炮……姐姐依然不依不饶,于是叶春就把自己的那一链也点燃响过后,姐姐方才罢休。30年以前电视还未在农村普及,家家户户延续着守岁熬年的习俗。除夕夜,长辈们围坐在炕头相互的交谈着当年的收入以及来年的春种秋收、儿子入学、女儿婚嫁……而孩子们则埋头吃着香喷喷的年夜饭。家里的气氛比平日里热闹,一家人感觉特温馨。那时奶奶剪窗花手艺最精,随便用剪刀剪出十二生肖:鼠、牛、虎、兔;龙、蛇、马、羊;猴、鸡、狗、猪栩栩如生,给叶春的童年留下了难忘的记忆。

　　随着年龄的增长,时代的变迁,总觉得现在过年似乎缺少了什么。感觉现在过年没有小时候的激情,生活越来越好了,相比30年前如今每天都在过年。牛肉、羊肉、猪肉吃出了"三高",过年酒喝得胃难受,穿新衣服不用等过年,刚穿了几天的新衣服不时尚就换。现在过年对于孩子来说就是一个普通的节日,给孩子压岁钱面额提升为"50"元"100"元,可孩子并不感动;春联还是要贴的,不过都是从商店一幅两元买的;火塔还是要堆的,不过是炭火塔,不再是树桩垒的。过年的美食自己很少做了,大都是从超市里买回来的,过年已经没有了30年前的味道了,很多成年人却希望自己回到自己的小时候。对于过年的团聚,现在也变得很难了,春节期间,许多特殊岗位仍然繁忙着,例如从事公安、供电、供热、高铁等工作的人员,当在万家灯火映照着的节日里欢呼团聚时,他们却仍坚守在自己的岗位上。年味中少了团聚,有再多的钱也没用,因为亲人在期盼你回家。年后的拜年也显得没多大意思了,以前拜年是走完这家亲戚走那家,家里这家亲戚走完那家来,往来走动、情真意切。现在可省事多了,直接在酒店里来个大团拜,众多亲戚围着N张桌子热闹一番。团拜少了以前的温馨,少了以前拉家常的话语,多了喝酒的喧闹,而年轻一族热衷于玩手机。一直在抢红包、玩游戏、聊微信。杨树村上坟、拜年的人们整天忙碌着,一般的顺序是年前腊月上坟祭祖,年后正月里探亲拜年。每年从正月初一到十五这半个月,村里人轮流做东宴请亲戚朋友,晚辈给长辈买礼品拜年。今年的杨树村大部分人家的拜年方式改成了"团拜",团拜的方式简约省时,叶春家族团拜酒席设在"黑牡丹饭店",村里其他家族在"白牡丹饭店""蚕岐饭店"举办。而年轻的一代更喜欢在微信平台上发红包、发拜年祝福语。这不?黑牡丹收到了一条微信图片,一个送财童子骑着一只大红公鸡说:"坐专鸡来群里看看,给大家拜个年。"黑牡丹看后乐了,她用手指轻轻一点转发在

"一家亲"群里。叶春家族的人遗传基因好,个个颜值高,男人有新军、宇坤、大军、二军、程亮、亮泽、志明、陆泽、建平、忠平、明树、建奎、叶春……个个长得英俊;女人有月仙、红梅、咏梅、玉梅、玉花、桂梅、黑牡丹、白牡丹、高英、海霞、飞霞、丽芳、喜桃……都是美人坯子。他们沉浸在熙熙攘攘的交谈中,在互发互抢红包中,在频频举杯的碰击声中……

电视、电脑、手机这"三屏",虽然使通讯传媒前所未有的方便快捷,但也给青少年带来了不容忽视的伤害。这个极具奇幻魅力的互联网,充斥着游戏、色情、恐怖、暴力、广告……极具诱惑力。也难怪孩子们一有空闲不是看电视、玩电脑,就是低头抠手机。大部分孩子很少与家人交流疏远了亲情,有的孩子沉迷网络游戏荒废了学业,连吃饭也在抠手机,大人们很无奈。

杨树村年景的看点是除夕夜燃放的烟花爆竹,在外打拼回家过年的小青年们每年都要在镇上购得上千元的烟花爆竹,谁也不甘落后,买少了怕同村人笑话。村里的三赖刚好今年住进了新居,破天荒买了八百多元的礼花弹,就连三嫂家也买了五百元的花炮。从除夕晚上 8 点到初一的 0 点:杨树村的年夜上空礼花缤纷、火树银花;或天女散花、或众星捧月……烟花爆竹的光亮把杨树村的河流、山川、树木、全景展现出来,除夕的夜色,城市有城市的美,乡村有乡村的美。大自然沉浸在祥和的喧嚣中。烟花缕缕迎新春,爆竹声声除旧岁。杨树村的田野上惊起野鸡、鸽子、柳雀,飞窜着从这片柳林落到那片柳林,瞪着惊恐的圆溜溜的眼睛注视着杨树村上空的烟花爆竹;杨树村柳林的野兔、狐狸、山猫静静地驻足在沙塂的高处观望着杨树村上空的烟花爆竹。

过去除夕夜守岁的一家人围坐在一起庆丰收、聊生活,而今的除夕夜守岁是一家人摆上一桌丰盛的晚餐边吃边看春晚。春晚呈现的是全球华人的团圆夜、家国情;银屏展现的是华夏儿女的爱相拥、共祝愿。正是:国好家好万户春,人美景美百花艳。看山看水看中国,创业创新创奇迹。

2017年,春晚央视在北京设立了主会场:东西南北中,金鸡报新春。春晚还设立了四个分会场:上海明珠广场,人流如潮、霓虹溢彩,姚明携中国体育军团向全国人民拜年;四川凉山坪坝,歌海舞乡、载歌载舞,身穿节日盛装的彝族同胞祝愿伟大祖国繁荣昌盛、人民安居乐业;广西桂林秀峰,欢歌笑语、山明水秀,不老的神话歌女刘三姐领着众姐妹向全国人民送上贺新春、庆佳节的祝福;黑龙江哈尔滨,冰雪世界、龙腾虎跃,冰雪运动员在《乌苏里船歌》的乐曲悦动舞美中给全国人民呈现了一道靓丽的冰雪彩虹。舞美《清风》画面唯美,呼唤"头上多一片蓝天,脚下多一片绿地"的环保理念;《梦幻水舞台》展现了祖国山水美如画,桂林山水甲天下;山歌好比春江水,黎歌就是天籁音。我们的军队是党领导下的人民子弟兵,他们听党指挥,能打胜仗,作风优良,捍卫世界和平、保家卫国,责任重大、使命光荣。英雄是国家荣耀、民族骄傲,当春晚主持人请出了几位百岁老红军,现场观众全体起立、掌声雷动。观众们喊出了:"红军万岁"的口号。六百多位武术冠军集体亮相春晚,提振了国人精神。观众盛赞中国武术、流光溢彩,历史悠久,源远流长……在我看来,春晚是亿万中国人的一道精神大餐,是占全球人类四分之一的华人的一道视觉盛宴。小荧屏、大世界,现代传媒真正实现了古人"千里眼,顺风耳"的愿景。人们足不出户,遥控一按,五洲四海,天南地北;天下大事,趣闻轶事尽收眼底,了然于胸。

轻盈绿柳舞春风,烂漫红梅迎旭日。杨树村在此起彼伏的烟花爆竹声中送走了丙申猴年除夕夜,迎来了丁酉鸡年新春第一轮朝阳。春天来了,春天的脚步近了。季节交替,节气轮回:一九二九不出手,三九四九冰上走,五九六九沿河看柳,七九河开,八九燕来,九九又一九耕牛遍地走,九尽春风头,麦子种在地里头。农历正月初七时值六九第一天,俗话说春打六九头。春回大地,万物复苏,天气转暖了。到了正月十一夜里,一场阳春白雪不期而至。正如唐朝诗人岑参的诗句:忽如一夜春风来,千树万树梨花开。一瞬间,树上、屋上、河流、山川、柳林、田野一片洁白。这正是伟人毛泽东笔下的雪景;北国风光,千里冰封。大河上下,顿失滔滔。山舞银蛇,原驰蜡象,欲与天公试比高。须晴日,看红装素裹,分外妖娆……

塞北的雪飘飘洒洒漫山遍野、洁白如玉,把原野装扮得银光闪闪。雪下得快,融化得也快,老人们说:春雪是春雨的亲姊妹,雨水融进土里滋润着植物,植物返春得快,迎春的燕子会提前来。雪后的杨树村,大气有一点冷。经过几年退耕还林,休牧还草,杨树村的林草植被恢复得较好,但也繁衍了成群结队的野兔。野兔把杨树苗、松树苗、柠条皮剥得惨白惨白的,野兔对林木性破坏极大,村民们对野兔又气又恨但也很无奈。下雪天兔子的脚掌上易沾雪,站不稳,跑不快。村里不论男女老幼纷纷走出家门到田野里追野兔,于是,一场"人兔大赛"就这样拉开了帷幕。也有的小青年用摩托车追赶野兔,二军急忙赶来制止大伙儿,说:"兔子是野生保护动物。七叔冲着二军嚷嚷:"我们保护兔子,谁来保护树?兔子啃树皮,树皮让兔子啃了会死的,人活脸,树活皮。"你不是没看见吧?二军被"将"住了,但二军依然严令:"只此一回,下不为例,不得用摩托车追兔子,太不安全了!"众人道:"遵命!!!"按照"兔跑千里,原归旧道"的法则,有经验的村民给兔子的必经之路上布下了许多网,组织众人徒步形成偌大的包围圈,一边吆喝着,一边奔跑着把兔子赶上网,一网下去最少也能网住七八只。网到兔子后,于是,年轻人嘻嘻哈哈地回家玩手机,看电视去了,大人们回家则忙着剥兔子皮,用柴火烧铁锅顿起了兔肉,春节期间杨树村的人们又多了一道下酒菜。

听说A镇一年一度的正月十五元宵节热闹非凡,杨树村回家过年的几家年轻户子早就约好自驾车带着家人去看红火。元宵节的看点是晚上赏礼花、逛灯会、猜灯谜。2017年是农历丁酉鸡年,偌大的郡王府广场,以"鸡"为主标志的迎宾图标:金鸡报晓、金鸡独立、金鸡鸣柳、金鸡拜年、闻鸡起舞、雄鸡齐唱……耀眼夺目、霓虹闪烁。

入夜宁静的夜空,万家灯火、华灯初上、盛世华年、火树银花、万人空巷,A镇居民齐聚王府广场观看夜火、礼花绽放,异彩纷呈。或银鼠飞窜,或野牛角逐,或猛虎下山,或玉兔献岁,或蛟龙入海,或金蛇狂舞,或白驹过隙,或羚羊飞奔,或美猴捧桃,或金鸡报晓,或猎狗吠春,或肥猪送福……给人以无限的遐想。

跟着如潮的人流逛灯会也是一项很不错的选择。灯会的路径是按九宫八卦阵排列布置的,据说九宫八卦阵是三国时代诸葛孔明所创,人们暗暗点赞古人的智慧。

以现代人的聪明大脑,用365盏灯泡装饰出来的通道,颇有点"曲径通幽"和"扑朔迷离"的味道,而这"365"就是一年的天数。灯会路径回旋曲折,峰回路转,按序走完全程预示一年通顺大吉。逛灯会的人不仅为了讨个好彩头,更多的是为了锻炼身体。当代的文人墨客又在九宫的门楣上题写了匾额:一元复始、二龙戏珠、三阳开泰、四季来财、五福临门、六六大顺、七星高照、八面玲珑、九九归一……既活跃了节日气氛,又丰富了文化内涵。

海云、桂花夫妇俩领着儿子逛灯会,海云的老家在杨树村,工作单位在市里某公司,桂花原来在外地上班,夫妻俩一直过着"牛郎织女"般的生活,年末桂花对调回市公路管理处上班,儿子在市里一所重点中学读高中,一家三口终于团聚了,可谓是温馨之家。这不?海云在前面边走边看灯笼上的灯谜,桂花在后面猜灯谜,不断地用手机刷屏,儿子在中间蹦蹦跳跳。来猜灯谜的人群大都是年轻的上班族、文化人,看景、看灯、看礼花;看男、看女、看颜值。老有老相识,小有小浪漫;你站在夜色里看风景,夜色中看风景的人把你当风景看。年少的"低头族"用手机拍照喧闹,年长的"工薪族"在散步聊天。

二军红梅夫妇也来看灯会,他家的宝贝女儿冉婷不再粘着父母,而是缠着幼儿园的女老师邵丽寸步不离。五岁的冉婷心里早就有个小秘密,她要告诉老师一件很要紧的事:她要把邵丽老师领上去见在 A 镇机关上班的春雷哥哥,要邵丽老师变成春雷哥哥的女朋友,以后她可以管邵丽老师叫嫂子,那该有多好。起初邵丽老师怎么也听不懂她的这个小弟子在说什么,不明白她的这个小弟子在做什么,慢慢地邵丽有所感悟,原来她的这个小弟子冉婷忙前忙后的是为她当红娘。于是在冉婷的拖拽下邵丽去见春雷了。当邵丽见到春雷,两人四目相对,于无声处一时惊呆了,两人有一种似曾相识的美妙感觉,正是二八芳龄,年纪相同,属相相同,真应了那句"踏破铁鞋无觅处,得来全不费功夫"的古语。男大当婚,女大当嫁。其实这几年,邵丽也谈了 N 个男朋友,没有一个对眼的;春雷相亲也不下 X 次,没有一次投缘的。27 岁的春雷自从大学毕业参加工作以来,一直单身,按说到了谈婚论嫁的年龄,父母整天催促春雷找对象,亲戚朋友也给春雷介绍对象,可是春雷 3 年里谈了 3 个对象却一个也没谈成。面对父母的唠叨,亲戚朋友的催促,有时春雷很无奈,双休日干脆呆在单位不回家。

  好友彦飞设饭局给春雷引荐了一个在市局机关工作的美眉,这个美眉开出的找对象条件是壹佰万的车、壹佰万的房、壹佰万的嫁妆,没钱免谈。春雷惊诧道:"你找的是高富帅呀,我不是豪门呀?"美眉撇嘴道:"屌丝,没钱还想找对象?想得美!"

双休日，春雷好不容易回一趟家，父亲和母亲说："今天是你的生日，停电了，咱们一家难得一聚，去街上饭店吃吧，有几位老师也参加，咱们一起坐坐。"原来父母通过亲友约请了几个未婚女老师，意在寻觅未来的儿媳。酒至半酣，春雷和几个女老师推杯换盏，当谈及成家立业时，春雷的父母知趣地离开酒席。一位女老师推说要考研，不谈婚姻爱情，倒是另一位女老师对春雷有眼缘，举杯要与春雷碰杯，春雷推说自己不胜酒力，小聚不欢而散。俗话说："强扭的瓜不甜。"

也许是月下老人冥冥之中派来这个四岁的幼儿园小朋友冉婷来给他们当"红娘"？邵丽木讷地站在原地发呆，春雷也有一点儿不自然，还是冉婷灵动地叫起来："春雷哥哥，我把邵老师总算给你领来了，看看，我们老师长得漂亮吧？"春雷腼腆地说："嗯，还不错。冉婷'公主'，你想要什么奖励？"冉婷撒娇道："当然是好吃的啦！"邵丽说："馋嘴丫头，快吃成胖妞了，还忘不了吃？"冉婷说："不吃长不大耶。"邵丽和春雷相视一笑，两人完全被眼前的这个"小红娘"给征服了。冉婷一手牵着邵丽一手牵着春雷；或许是邵丽和春雷牵着冉婷，三人顺路走进一家快餐店。

王府广场灯会上一时人影绰绰，人潮如海。

元宵节过后，杨树村的小河解冻了，小溪在窄窄的冰层上形成了一道道细细的流水线,汩汩的水流声奏出了叮叮咚咚的音乐,广袤的田野上萌动着生机。沙塬上的杨树、沙柳被春风一吹发出"呜儿""呜儿""呜儿"的奏鸣曲;野兔在肆无忌惮地啃食着树皮、柠条皮;红嘴雀成片成片的在草丛里觅食;野山鸡时不时地发出"噗愣愣""噗愣愣""噗愣愣"的尾哨声。美丽乡村建设后的杨树村变成美丽新村,农村正在发生着日新月异的变化。

五、杨树村的创业人

杨树村三社瘫痪了三年的七娘在今年早春二月二十六日去世了,享年80岁。七娘与七叔相濡以沫一起走过了60多个春秋,其中风风雨雨、恩恩爱爱深藏在七叔心里。82岁的七叔没有眼泪,表情木讷,这几天每天只喝一碗小米稀粥,少了许多话语。七叔的儿女们都跪在灵前磕头行孝,接待来客。一时儿女们哭得昏天暗地,白色的菊花、黑色的挽幛、五彩的花圈、昂首的仙鹤、描眉画鬓的童男女纸火人、火树银花的金银山、素净洁白的长幡,再加上吹鼓手奏出的哀乐营造出大悲的气氛。灵棚上面扎起了三层彩楼,分别题写着"沉痛悼念""音容宛在""母爱似海"的挽幛。前来吊唁的亲戚邻居一拨接着一拨,孝子们一次又一次地叩首还礼,灵棚纸灰飘飞,香烟缭绕,沉浸在一片悲痛的气氛中。按照当地儿孙们行孝的习俗:儿女们祭羊,孙子们祭猪,外甥们祭牛,还在帐篷餐饮车上承办了N多桌酒宴答谢来宾。亲友中有高飞、世锋、海荣、治国、凤军、新军、宇坤、大军、二军、程亮、亮泽、志明、陆泽、建平、忠平、明树、建奎、叶春……都来吊唁,邻居们说:"看看人家这个家族的人脉、气势。"

　　七娘出身大户人家,是当地有名的财主家女儿,新中国成立前,七娘娘家的祖辈、父辈们都经营着铸匠行业,生产犁铧、镂铧、火锅子、铁锅、火炉……七叔出身贫寒之家,由于七叔从小勤劳、机灵,老铸匠就把女儿下嫁给他。新中国成立后,七叔当了20多年的生产队长,把村里的农田绿化搞得自然和谐;在毛泽东时代,又把村里的农业社搞得井然有序,远近闻名。七叔成家后生了二子四女,有明泽、泽明、香在、香仔、在香、香菱。这个原来的"二人世界"已发展成为有20多口人的大家族。在子女们的印象里,母亲长期患头痛病,头上常常拔有火罐印;话语少,性耿直,从不宠爱子女,只顾打理家务。长子明泽自幼聪明,但就是不善于读书,勉强读到初中毕业,所学知识又原本还给了老师,后来回乡务农、经商、打工,什么挣钱做什么。四个女儿都在乡下成家立业,早已是温饱有余的农家牧户。次子泽明聪明程度比不上哥哥,但是泽明品学兼优,通过勤奋学习考上了大学,毕业后在一家国企上班,经过20多年的打拼,在一家国企当上了副总。泽明通过自身的奋斗改变了命运,也改变了家族中很多后辈人的命运。先是堂弟志明考上了成都医学院,毕业后在北京263军医院当上了胸外科主治医师,志明的对象也在263军医院当护士,志明也就在北京成家立业了。后来女儿张璐考上了 X 名牌大学,又去英国留学,毕业后在北京一家国企上班;再接着是侄女咏梅考入某大学,现在天津一家国企上班;侄儿世华考入武汉大学,学了计算机编程,在北京中关村就业;侄女张莉毕业于内蒙古农大,在伊旗农业局就业;侄儿永刚,外甥艳军、丽君、占斌、过兵……通过考试、技能比拼走上了国企技术工人的工作岗位,纷纷走出了杨树村这个贫穷的沙窝窝,印证了"知识改变命运,学习成就梦想"的真理。

在 150 口人的杨树村三社竟有 30 多人是国家正式上班族,遍及各行各业,这些人的走出去与泽明的引领是分不开的,明泽家族的奋斗历程是整个杨树村时代变迁的缩影。试想一个沙荒土瘠、地瘠人贫的小村子,如果所有后辈都蜗居在杨树村,在这里刨闹生活,恐怕杨树村的家家户户现在连温饱也解决不了,更别谈什么创业、创新和发展。还是俗话说得好:"走出一步天地宽。"

张氏家族是清代放垦,由关内的陕西、山西走西口,以买地的形式走进鄂尔多斯荒原的。鄂尔多斯的蒙古族牧民一部游牧大漠,一部游牧乌审旗、杭锦旗、鄂托克旗,只有守护成吉思汗陵的达尔扈特部留在伊金霍洛与汉族融合。晋商张氏家族商号在山西五寨、神池有三支骆驼商队,东线一支从福建武夷山贩卖茶叶,经包头——恰克图——蒙古,回货是皮革、绒毛,在包头建立了万盛奎商号;西线一支商队从福建武夷山贩卖茶叶,经云贵——川康进入西藏,回货是羚羊角、灵芝、藏红花等药材,西线商队有时遇到大江阻隔,就用骆驼沉江压路;中线一支由一个叫张安寿的人带领一支商队从福建武夷山贩卖茶叶给包头万盛奎分号运货;在陕西石碴沟、缸房湾建缸房酿酒,商队用砖茶、白酒同蒙古人换马、牛、羊,在杨树村就地牧养。鼎盛时期,张氏家族的牲畜数量超多,有"牛羊量圪坨子"之说,马匹 4000 匹之多,常常是头马在乌兰淖尔饮水,尾马还在朱兰敖包跟进,绵延 20 华里。现在的杨树村张姓就是晋商张安寿的后代。包括晋商、秦商在内的走西口的先民们用牛耕铁犁在荒原上进行大面积轮作垦荒,创造了鄂尔多斯的农耕文明。张氏家族张安寿与当时的吕候蛋、曹硌蛋、刘硌蛋、呼长才、朱过继都是有名的大户,这些走西口人不仅带来了经商理财的理念,同时也带来了睿智、包容、节俭、耐劳的好家风。古之杨树村盛产糜米、土豆、玉米、谷子、黑豆等作物,每年的农历六月二十九万盛奎商号就会牵头举办庙会,进行物资交流、畜牧交易、茶马互市,一直延续了 200 多年。

如今张氏家族繁衍到 300 多口人,其中有从杨树村走出的第一个大学生张润喜;有改革开放第一个富起来的杨树村万元户张新树;有北京263军医院胸外科主治医师张志明;有毕业于内蒙古大学,当上神东副总的张在明;有从小学教师成长为旗县级民庭庭长的张战胜;有优秀家长张在林,两子女张世华、张丽一年同时考上重点大学;有把生意做到欧洲的有电商张万林;有从教的教师、作家……现在张氏家族走出杨树村从政、从教、从医、从军、从商、从事服务行业的新生代们不下100人。

杨树村是个出人才的风水宝地,也是有志创富青年大展鸿图的广阔天地,在杨树村乡亲们的眼里泽明、志明、世锋、高飞、海荣、凤军属于那种"高大上"的千里马,而怀岗、国祥、子亮就是一个个土生土长的土豹子。

米怀岗脑子灵活、吃苦耐劳,一路艰辛打拼走上养鸡创富之路,赢得了人生转机,同样也赢得了乡亲们的赞誉,乡亲们都亲切地叫他小米。1987年9月份,初中毕业的米怀岗走上乡村临时代课教师岗位,那一年他刚刚20岁,凭着对教育事业一腔热忱,一干就是15年,他把自己宝贵的15个青春年华献给农村的基础教育,他所代班级的学生成绩曾连续几年在全乡获得最佳奖。2002年9月,全旗教育系统清退临时工,他恋恋不舍地离开了教学工作岗位。学校的学生不愿他离去,学生家长也不愿他离去。可残酷的现实告诉他,他不得不离开自己所钟爱的教育事业,离开学校的那一天小米掉泪了。告别了学校回乡务农,乃至走向社会创业,所有事情小米只能从头再来。更要命的是小米此时还欠着结婚时的6900元债务,当民办教师的月工资是58元,除去两个月假期没工资,一年只能挣到580元,15年的总工资8700元,除去杂七杂八所在户籍地的农业税、管理费,所剩的工资积蓄少得可怜。眼下小米创业听起来很辉煌,但真正干起来却很恓惶。在物欲横流的市场经济时代不论干什么,没有资金那是天方夜谭。通过找关系,小米好不容易向镇上的信用社贷款3000元,但是干什么呢?小米陷入了沉思。时间一天天过去了,小米创业的心情也一天天迫切起来,于是小米天天去镇上看商贩们怎么做生意,终于有一天小米发现了一个商机——梳毛。原来镇上只有一家梳毛厂,来梳毛的农牧民在门口排着长长的队等待。小米想:"我何不试试梳毛这个行当?"说干就干,小米在街上租了门点,买了大型梳毛机,开始梳毛了。万万没曾想到,开业刚过一个月问题出现了,先开的那一家老户在街面有自己的房,原来梳一斤毛1元,现在降到1斤0.5元了,而小米0.5元的利润除去水电费、房租费收入几乎归零。小米的梳毛厂开不下去了,轰轰烈烈开业,灰溜溜地关门。机器设备当废铁卖给收破烂的。市场竞争不同情眼泪,这一回小米没有掉泪。

  从2004年到2010年的6年时间里,小米俨然是一个"汗滴禾下土"的农民工:打碱、捞盐、挖甘草、开沙场、卖菜……只要合法,什么行业能挣到钱就干什么。期间儿子上中学、女儿上大学、妻子患糖尿病。生活中的种种艰难困苦小米都挺过来了,凭着勤劳的双手,小米有了一定的积蓄。进入2000年,正赶上中国房地产泡沫经济浪潮,典当行融资风靡一时,小米给在典当行的同学融资了5万元,被典当行给"割草"了。当诚信受到挑战,自己最信任的同学竟然骗了自己的血汗钱,这个世界还能相信谁呢?2011年2月份,小米在自家土地上种起了蔬菜,开始在阿镇的农贸市场卖起了蔬菜。每天从收割蔬菜到卖蔬菜,一车菜也能挣得100~200元,小米整天忙忙碌碌,但他也很知足。小米不是一个小富即安的人。在阿镇市场卖蔬菜的同时他敏锐地发现陕西人用飞机把西安的鸡仔往内蒙贩运,有一个内蒙人养鸡生意很不错。2011年3月份,小米开始尝试养鸡,小米买进第一批2000只雏鸡,全家都行动起来精心饲养,但是由于缺乏养鸡经验,几天的时间大部分的雏鸡都死掉了,几近"全军覆没",直接经济损失2万多元。

  小米是个不服输的人,他总结经验,整修鸡舍,防治疫病,把一切可能遇到的困难尽可能想周到。小米又买进第二批雏鸡,终于功夫不负有心人,2000只雏鸡成活率达98%,这一回养鸡成功提振了小米的信心。到了鸡出栏的时节,小米用农用车把鸡投放到市场,鸡被一抢而空,每只鸡卖120元~150元,原因是小米的鸡个大肉多。小米终于赚到了人生的第一桶金,除去开支净赚12万多元。从此,小米以肉鸡为主,把养鸡业干得风生水起。

小米采用季节性养鸡的方式,每年农历2月份开始养鸡,10月份全部卖完。有时自己养的鸡不够卖,还从别人家买进鸡,每年进出的鸡不下2万多只。妻子王秀在家种菜、喂鸡,他自己开着农用车卖鸡、卖菜。小米靠养鸡走上了创富路,走出了凄风苦雨的生活窘境。靠养鸡年收入近10万左右,虽然苦了点,累了点,但是丝毫不比朝九晚五的上班族收入差。

过年二军支书召集村里的年轻人小聚,问及小米以后的设想,小米信心满满地说:"我准备做强做大鸡产业,由季节性养鸡向全年养鸡发展;由外地买雏鸡向自己育雏鸡转变;同时用鸡粪种水萝卜、生菜等自然田园蔬菜,搞种养结合。但是扩大产业规模,资金依然短缺。希望得到国家助农贷款的支持。现在从鸡的销量来看,仅阿镇早集上肉鸡的月销量不下2000多只,年销量不下20000多只,这还不算周边的小镇、矿区、康巴什的需求。现在不论是城市人还是农村人都喜欢绿色食品。来自农村的蔬菜、肉食、蛋奶比温室大棚、养殖场价格高一倍,一颗农村鸡蛋能卖到 2 元供不应求,而一颗养鸡场的鸡蛋只能卖到 0.6 元无人问津。猪牛羊肉脂肪高,肉易吃出"三高",而鸡鸭鹅肉不肥不腻,营养适中,不远的将来鸡鸭鹅肉一定会把猪牛羊肉"赶下"餐桌。城市人的放心食品在农村,部分农民工返乡是必然。随着美丽乡村建设、土地确权、土地流转,虽然时下农村留不住年轻人,但大众创业,万众创新的平台已经在农村搭起。

杨树村奇闻天天有、轶事月月新,人们茶余饭后、忙碌闲暇,二军支书和村民们谈论最多的话题是美丽乡村建设、创业创新发展。也许是最近的星星最亮的缘故吧,有时自然也会谈到杨国祥的石刻人生。

杨国祥自幼家贫,老实巴交的父母只知道埋头苦干,兄妹五人只读了小学便辍学回家务农,从小酷爱写字与书法的杨国祥,在放牧和农忙的闲暇经常在田间地头、沙滩草地练字,日复一日,经年累月。乡亲们都说他的字写得好,于是每年春节前夕他就有写不完的春联,一写就是十几天,有时春联的词句现编现写很接地气,乡亲们拍手叫绝。乡亲送来的烟酒、鸡蛋、面包、小吃堆成了一座小山,他总是不好回绝乡亲们的盛情。寒冬腊月,他有时也去镇上摆摊卖春联。

二十世纪 80 年代,25 岁的杨国祥走出家乡的沙窝窝当起了油工(当地人叫画匠),在玻璃上画风景,粉刷家具门窗。有一次给一户人家油家具,他在家具上挥毫泼墨,一展身手。不写不知道,一写吓一跳。谁知这一写竟赢得了一位姑娘的芳心。姑娘名叫高丽萍,姑娘看见姓杨的小伙子不但人长得帅,字也写得好。姑娘的父母得知女儿看上了姓杨的小伙子极力反对,其实姑娘父母的担心也不无道理。原因是小杨当时家徒四壁,几乎处于风扫地、月点灯的生活困境,就连订婚的烟酒也是从好友个体工商户张新树商店赊来的,好在姑娘态度坚决,父母只得依从。杨国祥的一手好字收获了一份爱情在当地已传为佳话,以后的日子二人喜结连理,生了一儿一女。

生活有时理想很丰满,现实很骨干。柴米油盐酱醋茶,离开哪一样都难以生存。油工的收入是微薄的,难以养活新婚后一家人的生活。有一次,杨国祥参加一位邻居老人的葬礼立碑仪式,墓碑上的字歪歪扭扭,实在不敢恭维。刻字的老石匠在跟主人家讲价钱,一块碑竟敢要1000元。杨国祥的心里为之一震,为什么我不试试这个活?

2005年2月份,出于生活所迫和对书法石刻艺术执着追求,杨国祥的石刻摊子办起来了,从此他与石头结下了不解之缘。大部分的活是给镇上逝去的老人刻墓碑。起初只是抱着试试看的想法,谁知一试就是10年。

10年时间杨国祥看过西安的碑林、泰山的石刻、敦煌的壁画、云冈的石窟、贺兰山的岩画、乐山的大佛……凡是涉及书画内容的石碑、石刻他都感兴趣。甲骨文、金文、篆书、隶书、楷书、草书、行书,他都临摹仿写,有时几乎到了废寝忘食的境界。2015年,杨国祥报名参加了中国书画国际大学鄂尔多斯学院函授,受到了书法名家乔凤鸣、张华、张嘉贞、李正清的指点。由他精心镌刻的书法名家孙过厅的草书、李茹雄的《大漠雄风》两块碑收入了天骄碑林;2016年,他又镌刻了书法家乔凤鸣的作品《黄河》《绿野》;最近他正在潜心研究《盘古开天地》石刻艺术。鄂尔多斯市书协函《2016》字第3号文件:拟建伊旗红庆河镇瓷石艺书画长廊,内含奇石古玩、寺庙文化、草原书法第一碑,收录200多位书画名家的作品碑刻;由于杨国祥在石材书法艺术刻制方面锲刻技艺成绩突出,具备石刻艺术能力,伊旗红庆河镇瓷石艺书画廊由民间工匠杨国祥负责。杨国祥用他的勤奋取得了一定成就,亲朋好友们点赞。他只是摇头说:我离成名成家还远着呢!当笔者问及他的愿望,杨国祥说:假如有一天我成名了,我会做一些扶贫济困的慈善事业。资助那些贫困失学儿童专心读书,特别是爱好书画方面的孩子。我自幼家贫,姊妹兄弟多,读书太少,总觉得书到用时方恨少。

时下,有人赚了钱吃喝嫖赌抽五毒俱全,毁了自己,危害社会;也有人赚了钱追求利润最大化,把钱放入典当行,鸡生蛋,蛋生鸡,最后鸡飞蛋打;有人赚了钱扩大再生产,拉动就业,造福社会;也有人赚了钱搞慈善事业,回报乡邻,情洒人间。杨树村的张子亮走出家乡致富,赚了钱不忘回馈乡亲的感人义举,传递了他的爱心和孝心,一时成为美谈。

  子亮少儿时代是在农村度过的,30年前的农村村里开大会,经常是四五百人围坐在塘坝的大杨树下,鸦雀无声地听下乡干部讲话:国际形势、国内形势、把"文化大革命"进行到底、反击右倾翻案风、割资本主义尾巴、农田水利基本建设、生产任务、家长里短、邻里纠纷……会往往一开一个上午,子亮特佩服村里那个大字不识几个的老农讲起话来竟然滔滔不绝,参加开会的村民大都闭目养神,似睡非睡。那时开会,小孩穿梭于大人们席地而坐的空隙,憨厚的叔叔、婶婶把子亮搂入怀抱中,摸摸子亮的小脑袋,打发那无聊的时光。大会在口号声中、锣鼓声中结束了,众乡亲四散离去。每年春夏轰轰烈烈的大生产,到了冬天却无粮过冬,那时村民们的生活过得特别苦。吃的是玉米糊糊和菜稀饭。干的是学大寨修田筑坝的重活。即便如此,人们的精神生活大于物质生活。青年男女白天干活晚上参加毛泽东思想文艺宣传队的节目排练。小孩子自然会去看热闹的。

改革开放后,和许多普通、勤劳的农家子弟一样,只有初中文凭的张子亮经过数年的艰苦打拼,实现了由一个打工仔到公司经理的华丽转身。出生在杨树村的张子亮,经常在节假日回家看望父母,每每听到父母与邻居叔叔、婶婶谈起游北京城的话题,那种期待的眼神,那种渴望的表情,深深地烙印在他的心理。村民的物质生活丰富了,而精神生活却匮乏了。年逾七十,当过村主任的父亲张金贵经常问他:"子亮,你什么时候带我们去北京看看?"他说:"全村七八十号老人我负担不起,我只能带你去。"而执拗的父亲却说:"我一个人去没劲,啥时你挣了钱带我们一起去,我们这一代人苦,最远只去过镇上,去北京是我们这一代人的梦想。"

通过几年艰辛地经营,省吃俭用地攒钱。张子亮终于有了一定的积蓄,79位老人的北京之旅成行了,于是由村委会牵头。老人们感激涕零,不知说啥是好。此举也感动了鄂尔多斯市欣凯旅行社四位热心的年轻导游——杨宁、郭兴、王芬、罗真,他们为老人们提供了周到细致的全程服务。老人们是从村里乘大巴到鄂尔多斯机场,再飞抵北京南苑机场,他们将要去北京旅游观光,听听正宗的普通话,领略一下北京风光,这是一件多么令人心驰神往的事啊!这支旅游团乘坐的是波音737客机直飞北京南苑机场。客机升空,老人们有一种欣喜的感觉。有的老人从机舱的天窗向外一望,发出惊呼:"啊呀呀!云朵在客机下面哩!雪白雪白的,像棉花。透过云层看地面,河流呀,山川呀,高楼呀……一切都在隐隐约约中。"客机置身云海,在缥缈苍穹中仿佛沧海之一粟,使这些足不出户的老人们大开了眼界。

张子亮慷慨出资邀请杨树村60岁以上的79位老人去首都北京观光旅游。他包揽了老人们全程的旅游费用,包括机票、大巴票、餐饮、住宿、导游费。导游估算了一下,不下20万元。

北京之行圆了父亲游北京的梦,也让父老乡亲们沾了光。79位老人观看了庄严的升旗仪式;游览了天安门广场;参观了毛主席纪念堂、故宫博物馆、国家体育馆、天坛公园、颐和园、水立方、鸟巢、大前门……吃的是八菜一汤,住的是喜龙宾馆。

同行的一位退休老教师,张子亮小学时的班主任方老师感激地说:"诚为本、孝为先。子亮有爱心,有孝心是村里年轻人的榜样,就连我们的亲生子女也没做到的事他做到了,难得子亮的爱心和孝心呀!"

每当乡亲们问起:"子亮,这趟旅行花了你多少钱?"子亮笑笑说:"不要问花多少钱。让你们出去走一走,看一看是我最大的心愿。"

也有乡亲们说:"找个记者报道一下他的事迹吧。"

子亮说:"大可不必,我不是为了这些个虚名。"

81岁的王兰英老人说:"你出钱让我们这些老人去北京旅游,这事不靠谱,咱们非亲非故,你为我们掏钱让我们享受?你这是为了甚?"

子亮笑了笑说:"老婶婶,我不为名,不为利,只为圆上你们游北京城的梦,你们从小看着我长大,这是我应该做的。"

经过美丽乡村建设,杨树村的基础设施业已齐备,但村民们增收却很难。产业结构调整,农村人口城市化,三农依然面临着挑战。农畜产品价格走低,农资涨价,农民种地辛苦一年,投入与收入持平,农民的收入只能在国家农业补贴中得来。西部大开发后,村民们育出了松树,五年前两米多高的松树一棵能卖70元左右,现在只能卖到7元左右,而且有人卖,无人买;玉米五年前2元左右,现在一公斤只能卖到1.4元;猪牛羊肉价格也在一路下跌。过去的价格是市长说了算,现在的价格是市场说了算。

二军支书召集各社的社长、驻村干部、镇上的民政干事、全村党员、各社的贫困户聚集在村活动室,杨树村一年一度的扶贫工作会议正在进行。年近90岁高龄的黄三放、端平地两户又一次被评为特困户,这两个"贫下中农"贫困户从二十世纪50年代的毛泽东时代一直吃救济扶贫到二十世纪习近平时代,六十多年一如既往,稳坐贫困户宝座。

杨树村前任支书杨田说:共产党的扶贫救济把老端头、老黄头这些个贫困户头发、眉毛、胡子都吃白了,也没有改变他们贫穷状况,现在老黄头、老端头依然耳不聋、眼不花、背不驼、身体硬朗,理直气壮地大声嚷嚷着向党和政府要救济。

老党员卢三说:国家的扶贫济困一方面起到了雪中送炭的作用,另一方面也助长像老黄头、老端头这些好逸恶劳、等靠要的懒农思想,这显然不符合国家精准扶贫的要求。

此时的老黄头和老端头接力赛似地嚷嚷:"人家有房、有车、子女在城里上班。我们两家穷的要甚没甚,子女又没有班上,全村谁也没我们穷,共产党总不能不管穷人吧?"之后老黄头、老端头恼怒地撅着银白的胡子,嘴一张一合想要说什么,但什么也没说出来。

有的党员提议:"干脆把老黄头、老端头两家送去养老院养起来算了,横竖都是国家养活"。

驻村干部提议:"以后不能再给老黄头、老端头这样户子吃扶贫救济了,他家的子孙后代都吃扶贫救济,那我们不是害了这些家族了吗?扶贫先扶志,一家人连勤劳致富的志气也没了,几代人都停留在等靠要国家扶贫救济的思想意识上,那是永远扶不起来的贫困户,毕竟现在是大众创业、万众创新的时代,不是越穷越光荣的年代了。"

在杨树村里跑来跑去的一群手拿风车的小儿唱着一段小令:天怕乌云地怕荒,民怕懒惰官怕脏;小鸡就怕黄鼠狼,人怕嗜酒命不长……

六、杨树村的人和事

美丽乡村建设后,杨树村出现了新景观:自来水接在缸里头,砂石路修在家门口,动力线拉在村里头,老百姓乐在心里头。要说杨树村变化最大的户子就数老皮和老刘两家。

老皮原名皮猴,小学文化,中共党员,积极上进,爱好种植。最辉煌的时候当过大队民兵连连长,也当过生产队队长。老皮七十年代成家,夫妇俩赶在"计划生育"头几年生了三儿一女,有儿有女,花色品种齐全,左邻右舍好生羡慕。四个子女小学毕业后就回乡务农。用老皮的话讲:"念那么多书有甚用?千买卖万买卖不如犁铧子翻土快。皇帝百姓,人是铁,饭是钢,一顿不吃就饿得慌,农民不能离开土地,就像鱼儿不能离开水。"改革开放近40年了,同村的户子都富起来了,唯独老皮家的经济状况依然是原地踏步。年复一年的扶贫救济似乎没有改变老皮家的窘境,好在四个子女个个长得如花似玉般的俊俏,从谈婚论嫁到成家立业,四个子女总共花费不超过4万元。美丽乡村建设后,老皮家族五户的住房问题彻底解决了。不过老皮家族的发展是在贫困线上起步的,这些发展都离不开二军支书忙前忙后的帮扶。大儿子皮荣经营了一家粮油蔬菜店;二儿子皮华买了一列大车跑长途运输;三儿子皮军啥挣钱干啥(用时髦话叫自由职业);女儿一家在K村过着平淡恬静的农家生活。三个儿子都住在镇上,创业发展严重缺乏资金,便都回家向老皮伸手要钱,这可愁坏了老皮,一月之间,老皮的头发全白了;三个儿媳都回来向婆婆要鸡蛋,常常因为拿鸡蛋的多与少妯娌之间发生争吵,一年下来婆婆的脸上额上的折子多起来了,两鬓斑白,体弱多病,如今老皮夫妇俩年逾花甲,每天都干着种地养羊的活儿,两人的活法让全村的人觉得可怜。

老刘真名刘二虎,小的时候进过私塾,熟读四书五经,为人公道务实、与邻为善、爱好养羊,有长远目光。最显摆的时期是抗日战争时期,参加国民党的部队,当过狙击手,据老刘自己讲,他消灭的日本鬼子不下一百,后因部队被打散回乡务农。因参加的是国军,没有参加八路军、解放军,所以新中国成立后没有军功记载。五十年代老刘回到杨树村务农,成家后老伴生得三儿一女,后来赶上互助组、合作社、生产队,老刘率领一家五口参加集体劳动挣工分,建社时老刘和老伴记10分,大儿子十八岁记9分,女儿十六岁记8分,二儿子十四岁记6分,三儿子十二岁记 5 分,老刘家挣的工分多,分红自然就多,老刘是队里的长款户。生产队的人都嫉妒老刘,队长说:"老刘领着一群孩子在混工分,不让老刘家的孩子们参加集体劳动了。"老刘是个要强的人,他做出一项惊人的决定:索性把怀着骡子的母驴卖了 260 元,让四个孩子都上学去了。用老刘的话说:"家有黄金拿斗量,不如送子上学堂。"村里的人嘲笑老刘的这一决策,老刘说:"队长不让我家的孩子参加集体劳动,我们不能混工分过日子,还不如让孩子们都上学,说不定将来会有出息。"改革开放 30 年后,同村的孩子都在外打工,唯独他家的孩子都走上了工作岗位。大儿子振良在中学任教;二儿子振兴在镇上当副镇长;三儿子振海在市政府当机要秘书;女儿在旗医院当主治医师。老刘的子女们真争气,来了一个"鲤鱼跃龙门",摘掉了"农民"的帽子,成了国家工作人员,全村人都佩服老刘 30 年前的远见卓识。

黄书良是杨树村前任党支部书记兼村主任。一个阴雨绵绵的天气,老黄早饭后觉得浑身不自在,儿子要去镇上上班,就委托去市医院看病的好友开车带着老黄一同检查,没想到人还没到医院,老黄就"走"了。老黄去世得太突然了,他的儿子一边痛哭流涕料理后事,一边接待前来吊唁的人们。老黄 60 刚出头,村里的邻居惋惜老支书英年早逝。老黄当村官 30 多年,一直是村主任、支部书记一肩挑,西部大开发、美丽乡村建设,村里的退耕还林、休牧还草、天保工程、给水工程、村里的种养殖项目……都是老黄说了算,老黄的缺点是工作作风霸道,在杨树村我行我素,听不进其他社长、党员的不同意见。老黄转正调到镇上当干部后,村民不断到市里、旗里上访,状告老黄有贪腐问题,市旗两级的纪检部门来村里调查过,也查不出什么问题。在杨树村,老皮一直是老黄的反对派,老皮曾经带领村民去老黄家里质问老黄贪了多少,占了多少,老黄又气又急说不上来,毕竟这么多年的经济过往,老黄一时也说不清楚,不过老黄最大的成就是在杨树村建起了一个偌大的种养殖基地。为了建设养殖基地打了一眼深机井,开发了100多亩水地,共养了40多头膘肥体壮的肉牛……老黄究竟是清官还是贪官,纪检部门、村民百姓都没有定论。现在老黄已故,逝者如泥,人们再也不提老黄的是是非非,对对错错。按照当地习俗,盖棺勿论,逝者为大。老皮、老刘和一群吊唁的人群在老黄灵前行礼作揖,磕头烧纸。……不远处牛棚里的牛发出了"哞——哞——"的吼声,百十亩郁郁葱葱的多头玉米在夏风中摇曳。

老刘一直是老黄的支持者,也是个见多识广的智者,在众多吊唁的人面前,老刘给老黄来了一段精彩的人生总结:"人生百岁是愿景,生死贫富皆朦胧;人生不过3万天,是非成败一瞬间;人情练达皆文章,贪腐清廉论短长。人生苦短,刚出生的婴儿都是哇哇大哭来到世上的。他不愿来到这个世上,因为人在世上活得太累,人世间有太多纷纷扰扰、恩恩怨怨;临到将要离开人世,逝者两眼又掉下来热泪,是舍不得离去?还是后悔来到人世?人生每十年一个节点,十岁愚玩、二十冒失、三十而立、四十不惑、五十知天命、六十花甲、七十不逾矩、八十耳顺、九十耄耋,谁也逃不脱生老病死的自然法则。古时候人们称皇帝'万岁',那是捧杀帝王,没有人能活到一万岁,除非你是日月星辰。清者自清,浊者自浊。人非圣贤,孰能无过?贪腐是人的本能,你没见哺乳期的婴幼儿一只手扶着母亲的一个奶在吃,另一只手占着母亲的另一个奶。再说了老黄未必贪腐,他只不过搞了一些项目。前些日子纪检部门仅'退耕还林'一项在全镇揪出村官也不在少数:车轮村村支书吕望风,奶湖村村支书吴怀庆,敖包村村支书朱凤来,大疙蛋村村支书邸大勇;'扶贫救济'一项又牵扯出:镇上民政干部、镇上林工站干部、派出所警察。权利失去监督就产生贪腐,村干部你吃他也吃,吃多吃少没人管。如果权力有了监督,各级干部贪腐一个查处一个,查处一个枪决一个,村干部谁还敢贪腐?我看中央打虎拍蝇还不如对干部有效的制度监督。再说老黄走了,他的养殖场留在杨树村,他没带走呀?这些年老黄对咱们杨树村是有贡献的嘛!退耕还林,休牧还草,天保工程,水资源补偿,哪一个人没沾光。古人司马迁说过:人固有一死,或重于泰山,或轻于鸿毛。依我看老黄的死比不上泰山重,但也不比鸿毛轻,至少他为大伙干了一些实实在在的事,比起那些不作为的干部不知要强多少倍。"

人在社会上的贡献力、影响力不同,人们的认同感、尊崇感也不同。杨树村村东老黄去世有 200 多人风光送葬,杨树村村西亢二去世,冷冷清清只有三人送葬,一个开三轮的壮汉司机,两个傻儿子。老亢年近七旬,铁匠出身,凭着祖传的精湛的铁匠手艺挣了不少钱,老亢做的斧子、镰刀等刀具锋利无比,人人叫绝,但老亢的刀具售价是一般铁匠的三至四倍,而且老亢从不允许买家讲价。用当地人的话讲:亢三挣钱不是用小刀"割",而是用铡刀拦腰"铡"。没办法,你若想使用好刀具就得给亢三多掏钱,谁叫亢三的手艺好呢?可惜的是老亢命运不济,老伴生了一窝傻儿子后"归西"了,四个傻儿子要样子没样子,要体力没体力,要智商没智商,后来两个夭折了,两个存活下来跟老亢打铁为生。老亢的祖辈是当地有名的大财主,父辈经营过铸匠炉。亢三旧时在甘肃兰州读过书,是一个有文化的手艺人。他给两个傻儿子起了两个响亮的名字:大傻叫钢正,二傻叫钢强,真不愧是铁匠世家,连名字都听着让人觉得硬气。按说老亢这些年也挣了不少钱,生活应该是没得说。可是老亢一家一年四季拿清水和菜煮挂面做主餐,邻居们不知道老亢省吃俭用下来的积蓄是怎么消费的。

老亢有自己的人生哲学,每逢打铁闲暇,来买刀具的人多时,老亢就"嗨"起来了:"人生在世游,吃喝嫖赌抽;为人不把朋友交,枉在世上走一遭。吃嘛,还是清淡一点好,大鱼大肉、山珍海味,愣把人给吃出'三高';喝嘛,啤酒像马尿,能把人喝胖,白酒太烈,能喝出好多事儿,假如你跟人家喝酒,出了事你得赔钱,假如你酒驾,交警逮住会罚你的款,让你蹲监狱,厂家造出的那些甜味饮料能喝坏人的胃,最好的饮料是白开水,解渴省钱;赌嘛,十赌九诈,泯灭人性、倾家荡产、家庭离异,大赌伤身、小赌怡情,最好别赌;抽嘛,毒品碰不得,毁灭人生、贻害无穷,吸烟有害健康;至于嫖嘛,古往今来,男欢女爱,你情我愿,昆虫小鸟尚且如此,何况人呢?"听了老亢的哲学,人们往往是哄堂大笑,邻居们终于明白老亢的钱是怎么消费的了,至于老亢的哲学是否正确,人们也不置可否。

老亢年轻时是富家子弟,怜香惜玉、风流成性,十里八乡有点儿颜值的小媳妇都是他的"把子"。老亢今天给这个相好的买衣服,明天给那个红颜知己买肉吃,后天说不定又给另一个情人买米面。红颜生病了要去看,情人没钱了要去送。手心手背都是肉,横竖都是老亢的钱。俗话说:"养牛儿费草料,养情人费金钱。"日久天长,老亢的财力渐渐不支了。老亢把打铁辛辛苦苦挣的钱大部分用来养活情人,从来不考虑自己的生活。老亢的生活过得很清苦,一年四季的主打饭食依然是清水和菜煮挂面。有人说:"老亢是个多情种";也有人说:"老亢是个大傻蛋。"老亢极具女人缘,老亢致命的弱点就是见了女人挪不开步。叫人匪夷所思的是老亢创造了谈情说爱史上打白条的离奇故事。

一个风和日丽的下午,老亢从老相好思雨来的短信中得知:思雨的老公外出拉饲料了。老亢觉得这是约会思语的最佳时机,老亢很想去 W 村看他的思雨去,于是火急火燎地步行到了思雨家。这对露水鸳鸯相约恨晚,卿卿我我,刚欲进入云雨之乡,哪成想被外出拉饲料的思雨的老公撞了个正着,一个铁塔似的大汉出现在这对偷情男女的面前。思雨的老公一把将老亢拉下炕头,拳打脚踢一顿暴揍,说要把老亢送去派出所经公,老亢跪下像鸡啄米似地磕头求饶。最后老亢给思雨的老公打下了一张三万元的欠条,事情方才算了结。

杨树村思雨家是养鸡户,前来买鸡的户子络绎不绝。成百上千的鸡群很是壮观,公鸡最会忽悠母鸡,当它性欲发作时,一边用爪子在地上假装刨食,一边发出"糜子、谷子、毛毛虫"(鸡语:咕叽、咕叽、咕咕叽)的叫声,往往母鸡以为公鸡为它找到了美味便前来抢食,当母鸡跑到公鸡近前,公鸡振翅跃上母鸡的背,用尖喙噙着母鸡的冠子干起了强暴的勾当。完事后,公鸡跳上高处发出了响亮的打鸣声。思雨家五岁的小妞YY看到这一幕,非常生气,从柴火垛上抽出木棍一边追打公鸡,一边骂公鸡:"你个臭流氓,打死你!"迎面撞上了垂头丧气的老亢,亢三摇头叹气了一番,绕开YY追赶公鸡的线路径直往家走。

老亢倒背着双手在街上悠闲地散步,发现一对被人遗弃的做工精致的双拐,便拾起双拐爱不释手地带回自己家里。

街上的商户老李说:"亢三,捡拐杖不吉利,王家小子的腿在工地上受伤刚好利索,把拐杖扔了,你好腿好脚的拾这个双拐没多大用吧?"

亢三固执地说:"他是他,我是我;他扔的是双拐,我捡得是人民币。说不定哪一天有人需要双拐,我还能发一笔小财呢。"

老李开玩笑道:"怕是给你自己准备的吧!"

亢三愠怒回到:"给你龟孙子准备的。爷算过,你今年腿会受伤的。"

老亢把双拐抱回家保存起来。偷吃的猫儿性不改，老亢鬼使神差般地又想起思雨来了，老亢忐忑不安地来到思雨家。思雨正在鸡舍喂鸡，老亢挪到鸡舍的墙边趴着墙和思雨有一句、没一句地搭讪。没过多时，思雨老公锄地回来了，做贼心虚的老亢早已吓出一身冷汗。

思雨的老公拄着锄问亢三："你来还钱来了？"

亢三讪讪地回到："甚钱？"

思雨的老公说："上次你不是打下一张三万元欠条？"

亢三狡辩到："水上找不见鱼踪。那个嫖钱你还想要了？"

思雨的老公被激怒了，操起锄头打在亢三的脚踝上，亢三"哇呀"一声栽倒在地上不省人事。思雨老公自知理亏，马上启动农用福田车，把亢三抱上车送到镇上的卫生院，医生经过拍片、打石膏、抢救，好一阵忙乱老亢才苏醒过来。医生给出诊断结果："患者脚踝粉碎性骨折，需卧床静养，一周后下床行走要拄双拐助力。"思雨老公的冲动没讨回三万元欠款，反而付了一笔很大的医疗费。老亢拖着伤腿被思雨的老公连夜送回杨树村息养。毕竟人言可畏，思雨自然一直没有出现在人们的视野中，这种远山野情不便明说自不在话下。

一周后，老亢拄着自己前些天捡得的双拐一瘸一拐地出现在杨树镇街上，面容憔悴、衣衫不整。

有商户调侃老亢:"亢三,你捡的双拐合适的不?"

老亢点点头回到:"合适,合适,再合适不过了。"

有商户疑问老亢:"亢三,你咋知道你会用到双拐?"

老亢违心地说:"我哪里知道是给我准备的?是让老李那龟孙子给我说瞎了。人的流年运气转着哩,让我遇上啦。"

由于老亢在疗养期间吃的依然是清水和菜煮挂面,营养跟不上,老亢的轻微骨折竟然转化为骨癌、白血病,没过多久就一命呜呼了。

现在老亢走了,两个傻儿子在村里蔫头耷脑地闲逛,有邻居问大傻和二傻:"你爸哪去了?"大傻迷迷瞪瞪不回话,二傻嘟囔道:"我爸西(死)了,没人给我们做饭了。"邻居又问:"你俩以后怎办呀?"二傻流着泪说:"不几(知)道。"此时,二军支书开车过来说要送大傻和二傻去镇上的养老院,二军支书嘱咐大傻和二傻:"以后吃住在养老院,养老院就是你们的家,要听养老院管理员的话,不要乱跑。"此时,大傻和二傻不住地点头,坐上二军的小车后手舞足蹈,乐得嘴都合不拢了。

二军送别了老黄,安置了大傻和二傻,忽然接到一个电话,来电显示是老三明亮,是从城里打来的,电话那头老三说:"我在A镇打工,让人家把我给打了,我在旗医院住院,你能不能来看看我?"二军回道:"知道了,我一定来。"二军驱车赶往旗医院来看老三,原来老三是被自己的姑舅栗昌打了。栗昌承包了一段绿化工程雇不来工人,是老三率领一帮农民工给干的活。绿化工程结束了,老三领着农民工向栗昌讨要工钱,栗昌以没钱为由一天天推诿。情急之下,老三见到栗昌就拽住衣角不让走,栗昌挥起拳头把老三打翻在地。明亮被打断两根肋骨后,被工友送进医院,包工头栗昌逃之夭夭。工友苏三向附近的派出所报了案。栗昌惧怕警方通缉抓捕,主动回派出所投案自首,警方介入调解自不在话下。老三在医院住了一周伤势大有好转,于是回家养伤,工友们来家探视:一位来自安徽的打工少妇一手抱着刚满一岁上身穿小袄、下身赤条条的男娃娃,一手拎着装着几片新上市的粉条的塑料袋问询:"老三好点没?不知还有活儿没有?我们再不干活就吃不开了。"一位来自河南的打工壮汉一手提着一瓶白酒,一手夹着一根被点燃的劣质烟来问询:"老三伤好点了吗?能喝两口吗?最近还有活儿没?我再不干活就喝西北风了。"还有七八个本地的农民工挤在老三的卧室一边嘘寒问暖,一边吞云吐雾地抽烟找活儿。苏三打开窗户,一股烟雾从窗户缝的钻出去。老三把手里的活儿逐个分配给工友:这帮工友有的去搬家,有的去挖下水管道,有的去小区通下水道……末了干活儿的工友承诺给老三也分一份工资,因为活儿是老三揽的,老三是为了给大伙讨要工钱被打的。

别人打工没活儿,是因为别人有文化,会算账,雇主给的工资少绝对不干;老三有干不完的活儿,是因为老三没文化,不会算账,雇主给的工资多少不论,先承揽下活儿再说;老三往往把活儿揽到手,慢慢地跟雇主讨价还价。作为雇主总想着多干活,少付钱;作为雇工总想着少干活,多拿钱。别看老三没文化,不会算账,样子长得憨憨的、傻傻的,雇主和工友都想占老三的便宜,但老三深知吃小亏占大便宜的道理。这几年老三在城里打工买下两套楼房,存款几十万,这在打工族里面也算是佼佼者了。

老三包上工自己也参与干活儿,不像有的工头光包工不干活儿,当甩手掌柜。用老三的思维:自己不会算账,一同打工的工友们会算,如果几个工友算的数字一致,立马分钱;如果几个工友算的数字不一致,别想拿钱。和老三一起打工的工友就怕老三臭骂:"我没念书不会算账,你们念了那么多书,满肚子学问也不会算账,不会算账打的什么工,丢人现眼的,立马给我滚蛋!"

看完老三的伤势并无大碍,经过派出所面对面的调解。栗昌给老三赔付了5000元医疗费算是了结了此事。二军驱车刚回到家里,老二明泽夫妇俩火急火燎赶来要二军给他找点活儿干,二军就答应让他俩跟着村劳务公司干移花的活儿。50多岁的老二在村里是数一数二的壮劳力,女儿卫校毕业成家后干了几年个体医生挣了些钱,歇业后在A镇买了房住下接送女儿上学;儿子经营着工程机械,自己当起小老板。老二在村里养过100多只羊,种过100多亩地,年收入也能弄个3~5万,按说老二家里日子过得也算舒坦。但是老二看到村里外出打工的户子比自己搞种养殖收入高,于是老二索性也想出去试试打工怎么样。这几年,村里的基础设施水、电、路都已齐备,但种地的种子、化肥、农药、机耕、机收等的投入与产出基本持平,种地不挣钱,增收更是难,种地只能赚得国家的农业补贴。

又是一年一度的清明节,二军接到老大新军的电话:"清明节上坟后让兄弟姊妹在杨树村的老家小聚,我请客,不知'领导'能否赏光?"

二军回到:"老大又在编排我,我算多大点儿领导,一定准时参加,不误事。"

筵席不算丰盛,但有酒有肉。一个家族的人一边吃喝,一边聊天。大到工作情况,收入多少;小到子女上学,房屋装修……毕竟吃谁喝谁不忘谁席间,众弟兄、弟媳们向老大敬酒,老大一一谢过,滴酒未沾,老大新军年近七十不胜酒力。众弟兄、弟媳们也不过多纠缠。二军家族的祖辈是一个爷爷的子系,爷爷生父辈五个,父辈五个生儿子八个、女儿七个,十五个子女组成十五个家庭,人口近100。今天小聚的30多人,职业有农民、农民工、干部、医生、教师……老大新军是家族中的一面旗帜,初中毕业后参军,复原后进厂当过工人,厂子停产后搞起了个体。当时正值改革开放,市场经济初期,经过十多年的打拼,新军成为当地先富起来的那部分人,后来经营煤炭、房地产,成功地规避了融资风暴,现在赋闲在家颐养天年。有时也驾着他的那台电瓶车穿梭于A镇和杨树村之间。在情感上新军看重家族中的兄弟姊妹,在经济上新军却帮扶了社会上的一些狐朋狗友。老大新军也有看走眼的时候,过去凡是他帮扶过的狐朋狗友,最终也没成什么气候,直到现在那些狐朋狗友仍然欠着他的钱不肯还,这使得新军很是苦恼,不过老大新军也放得下。老大新军是个儒商,能说会道,会夸奖人是他的强项。

这不?老大新军开讲了:"一个羊有一个羊的草场,一个人有一个的活法。兄弟姊妹,各有各的发展,我很高兴。老二、老三很可惜忙着打工挣钱来不了,我们就不等了,今天小聚,难得你们都能来。穿不穷,吃不穷,计划不到受了穷。来,咱们热热闹闹聚一聚。"

"你们看咱们老四一介书生,一家四口有三个上班的,老四是教师、儿子、儿媳是国家公务员,弟妹翠仙日后就去看孙子也算上班了!你家虽然现在没钱,将来可能最有钱。老四是股市上的潜力股呀,你家股票上市,我第一个买。过去老爸老妈总是跟你们嚷嚷吵吵,磕磕碰碰,不给你们带孩子,现在老爸老妈全靠你们的关照,你们有孝心,有爱心,不计前嫌,值得我们学习。"

二军提议:"老大说得好,众兄弟姊妹喝一个!"

"老五建平林业局干部、国家公务员,弟妹海霞也是路政上的正式工,一个聪明伶俐的儿子,三口温馨之家,知足吧!"

老四新生提议:"老大夸得好,喝一个!继续……"

"老六忠平在民营企业上班,弟媳高英在保险公司上班。有儿有女,花色品种齐全,房子、车子、票子不缺。"

建平提议:"老大说得有水平,众兄弟姊妹走一个!"

"老七大军大智若愚,脑袋大,脖子粗,不是大款就伙夫。打这一坐,老板的谱,官员的相,有谁能看出老七是大车司机嘛。弟妹月仙经营建材生意风生水起,儿子当兵复员就业,女儿在学校品学兼优,也算小康之家了吧?"

众兄弟姊妹笑了,忠平提议:"老大说得有水平,再来一个!"

"老八二军当村官,挣钱虽小,为民服务事大;不贪不占,为官清廉。"

新生说:"老大说着说着怎么就上升到政治的高度上了?"众兄弟姊妹笑了,建平说:"喝一个!防腐拒变嘛!"

大军提议道："老大光顾说兄弟家了,也说说姊妹们家吧。"

新军继续道："大姐玉毛是河套种养大户,养300多只羊,种100多亩地,种养结合年收入不下10多万,这个农民当的硬气。"

"二妹玉英祖辈搞养殖,养羊300多,草场占地大,年收入20多万,三个子女出双入对,这个养殖户就是'牛'。"

"三妹玉梅两口子在神东上班,工资加征地,年收入不下20万,儿子大学在读,可以说是蓝领贵族吧。"

"四妹玉华照顾瘫痪在床的婆婆和双目失明的公公十几年,直至逝世。现在又陪护瘫痪在床的父亲和多病的母亲,是孝敬父母的典范。"

"五妹丽琴相夫教子,儿女双全,家庭和睦,妹夫永平跑'的车'顾客满满;在鄂托克搞养羊,风生水起。"

"六妹香花两口子把饭店的生意搞得红红火火,实属不易。"

"七妹香艳在A镇当幼教哄娃娃、教笨蛋,爱心满满。"

老大说的比唱得好,众兄弟姐妹一阵掌声,又一次举杯……

幸福的家庭是相似的,不幸的家庭各有各的不幸。二军家族属于那种勤劳务实的幸福类型,他们是北方农民后裔的缩影,是美丽乡村的主人。

太阳西斜将要接近地平线,杨树村春天的喧嚣渐渐消退,西边天际红霞流云。鸟雀归隐树林发出叽叽喳喳的叫声,也许是正在进行每天归巢前的小聚。瓦灰色的鸽子也在住户的屋檐上发出"咕噜——咕噜"的叫声,洁白色的鸽子在屋顶女儿墙上悠闲地散着步。

七、红梅情感起波澜

自从二军、红梅搬出镇上租房住,镇上外派红梅出去学习以后,二军的生活就过得一团糟。每天早上和下午,他都要接送5岁的女儿冉婷上幼儿园,其余大部分时间去乡村公路工地检查施工队修路施工情况。好不容易熬到周五下午五点接回了女儿,可女儿冉婷一个劲地哭闹着要妈妈,没办法,二军在衣柜里找到了乳胶套给女儿玩,女儿才破涕为笑。因为妈妈去外地学习,女儿冉婷又闹着要回杨树村找奶奶,二军只好开车又把女儿冉婷送回了杨树村。奶奶在家门口出迎抱住孙女,女儿冉婷一时欢天喜地地和奶奶缠在一起。二军进门如释重负地斜靠在沙发上闭目养神,心里感激起那些幼儿园的老师们:看管一个孩子尚且如此难,一个班四五十个孩子真是难为这些幼儿园的老师了。

"哎呀呀——! 是二军回来了吧!"院外传来大方老师隔空喊话的声音。二军立马坐起来,大方老师推门而入,二军让座递水。大方老师接过水喝了一口道:"刚才A镇有一个单位打来电话要两口猪,让我送过去,我不会开车也没车,我知道你有福田大卡,所以就来求你帮忙。"二军无奈地答应了。说干就干,二军去发车、倒车,大方老师把两口猪赶到猪圈外的高台上顺利地装上车。二军和大方老师一路驾车闲聊直奔A镇不在话下。

大方老师本名赵大方;性别;男;民族,汉;身材修长端正,身高一米七八,体重只有54公斤;面部白皙清瘦,一年四季小平头,长码脸上多皱纹,常常是未见其人先闻其咳嗽声;性情温良宛若绵羊一般。大方老师年方六十有四,教龄33年,退休后回村小规模地养起猪,每年出栏10多头猪。大方老师四口之家,老伴素芳务农;长子顺春;次子顺夏大学毕业,在外地早已参加工作,正是谈婚论嫁的年龄。生活中的大方老师是出了名的"老抠",平日里衣着朴素,省吃俭用,从不乱花一分钱,偶尔去A镇或市里出差办事也从不"打的",一律骑自行车或步行。用大方老师的话说:锻炼锻炼身体多好,没必要花那冤枉钱。

中秋节将近,儿子顺春、顺夏都带着未过门的儿媳、同学、同事七八个人回家看望父母,大方老师夫妇乐得嘴都合不拢。老伴素芳给来客端茶递水,下厨炖羊肉。大方老师带着儿子顺春开车去杨树村镇市场上买东西,用来招待客人,顺春驾车到距离市场500多米地方,大方老师下令:"停车!步行走进市场,别瞎耗油。"顺春只得遵从父亲的严令。到了市场,大方老师买东西,儿子顺春负责拿东西。采购的物品从烟酒、凉菜,到葵花籽、花生米、红枣……酒是10元一瓶,6瓶一件儿的纯粮食酒;烟是10元一盒,10盒一条的紫云烟,大方老师破天荒花这么多钱,还连声说:"现在的东西真是贵!贵!贵!"大方老师自己手持一杆秤,往往在售货员称好物品斤称的基础上自己再称一称,而且不断地跟售货员讨价还价,整个购物过程买卖双方是在讨价还价中进行的,儿子顺春不禁皱起了眉头。好不容易购物回来,吃罢炖羊肉,一家人和未来的儿媳、来客围坐在圆桌上推杯换盏地喝起酒。因为大方老师是现场的长辈,两个儿子、未来儿媳、同学、同事都来敬酒,不多时,大方老师就不胜酒力,晕乎乎,飘飘然起来了。常言道:"神仙也出不了酒的'够'"何况是大方老师这个凡人呢。只听大方老师发话了:"伟人毛主席说过,贪污和浪费是极大的犯罪,今天我们浪费了……又吃肉,又喝酒。你们不知道咱们家里过去的苦日子,顺春、顺夏你们俩上学的费用都是我和你妈从牙缝里省出来的,我们家是平民人家,不是什么大户豪门……"听了大方老师的一席话,众人的酒兴一扫而光,于是,两个儿子、未来儿媳、同学、同事都起身告别了大方老师,此时的大方老师站起来挥手示意:"走吧,走吧,工作为重,你们忙吧。"

大方老师这几年退休有工资，又养猪有一定的积蓄，大方老师想买一辆小轿车，但是知情人告诉他必须是先考驾驶本，然后买车才能上路，没有驾驶证轻则交警弄你个无证驾驶的罚款，重则连人带车扣留你。但是考一个驾驶本得小一万，这么多钱！大方老师无论如何也接受不了。大方老师骑着自行车进城打探考驾驶证的消息了，进城后，第一件事就是上了一趟公厕。在蹲坑时他发现一条写在墙上的办驾驶证的广告："W 宾馆 305 号房间常年办理机动车驾驶证，你只需把身份证复印件塞入门缝，把 600 元人民币打到对方指定的账户上，保证 3 小时后就能去 305 房间领 C 本驾驶证。联系人：诚信 18Z74747474。"大方老师兴奋起来了，他咬咬牙住进了那家一晚 100 元的 W 宾馆，按照办证人提供的账号先去建行打了 600 元款，然后于当晚 7 点就把身份证复印件塞进 305 房间的门缝，大方老师放心地回到自己的房间躺在床上等待驾驶证的到来。当大方老师一觉醒来，已经是第二天的早晨八点整，街上车水马龙，人来人往。大方老师下意识地去 305 房间领驾驶证，可是房门还锁着，敲门无人应答，驾驶证没领着，只有他塞进门缝的身份证复印件还在，大方老师抽出身份证复印件，又连忙拨打 18Z74747474，嘟——嘟——嘟——对方回应："你拨打的电话是空号。"大方老师颓然地坐在 305 房间的门口叹气:"上当揽,上当揽。"宾馆的一位女服务生走过来问明了情况,安慰他:"大哥,别傻了,光看电话号码就是骗人的,这个电话号码的意思是要办证,气死气死,气死气死。"大方老师说:"怎么会是这样啊?"大方老师迷迷瞪瞪地骑着自行车回到杨树村,再也不提买车的事,因为他不仅丢了面子,而且丢了人民币……

二军和大方老师把两口猪拉到A镇绿源屠宰场卸下来,单位买猪肉的人早已等候在那里,屠宰场的工作人员动作麻利、业务熟练:杀猪、褪猪、刮猪、开膛、破肚……不到半个小时,两口活猪就变成鲜肉。过秤、结账,买卖双方在计算器"滴答滴答"声中完成。大方老师的两口猪卖了9250元,大方老师抽出一张50元钞票递给二军,说是拉猪的运费,二军没有接钱,只是说:"不要揽。"

大方老师眉开眼笑地把50元装进自己的内兜里,说:"要不等下次再买猪时,你再给我拉猪时一并结算。"

二军说:"下次你把猪养成大象我也不给你拉揽。"二人边说边走,信步走到A镇一家"猪脊骨馆"。二军要往里走,大方老师一把拉住二军的衣角说:"猪肉愣把人给吃出三高,还是吃素淡点饭食好"。二军作罢,径直走进一家面馆,要了两碗羊肉面,二军付了饭费。大方老师说:"我来!我来!"大方老师只是嘴上说着,最终没掏出钱来。

大方老师说:"回杨树村我给你吃黄油炒米饭。"

二军上了驾驶室启动了车,说:"回去你自己吃吧,我不吃。"

福田大卡行驶在 A 镇——杨树村的双向 8 车道的柏油路上,沿途青山隐现、树木隐退;牧归的羊群、回巢的群鸟……近 100 公里的路程,一路上二人无语。二军匀速驾驶着福田大卡向杨树村折返,大方老师在副座上打起了鼾。

二军刚回到杨树村家里,K 社的邻居们已经在家里聚了一屋,原来他们在等着二军开会呢,家里一时烟雾缭绕。二军一边打开窗户散烟,一边问大伙开哪门子会?

社长皮猴说:"张支书,养殖户彦春弄回来一台变压器,不知放在什么地点合适,想叫大伙合计合计。"

二军说:"三社原来的东圪台,东圪台机井、水田都有变压器,照明、动力电压管够。彦春开发了 150 亩水地,又上滴水灌溉,最近又办起了养鸡场,用电量大,这台变压器就放在彦春的地上吧。"

高老蔫说:"不成,虽然这个变压器是彦春申报养殖场弄回来的,但也是国家给咱们社的,这个变压器的使用权应该咱们三社人人有份。"

二军回到:"听着好像有道理,实则是你的'红眼病'又犯揽。现在你办一个养殖场或种植场,这台变压器就放在你的地上,你看行不行?"

高老蔫说:"我六七十岁的人揽,一没钱,二没力气。

我不要！"

三赖挪耶着说："集体的东西，反正不能便宜了一家。彦春要放这台变压器就得给大家伙儿'表示表示'。"

二军问："表示表示？怎么表示？"

三赖说："杀上一只羊，给大伙吃上一顿现羊肉，再商量。"

二军道："你不是也养着100多只羊，也是一个小有名气的养殖户，咱们先杀上你家一只羊，大家吃了羊肉再商量把变压器放在你家的附近的疙楞畔上。"

三赖说："我才不要那劳什子变压器。"

三社的社员会一直开到午夜0：00，大家伙儿对放置变压器的地点也没有定论，但有一点大家心知肚明，除了彦春急需这台变压器，谁家也不需要。

老刘头发言了："彦春搞养殖业，水地多，国家玉米补贴也给得多，给大伙儿吃上一顿现羊肉，变压器就放在你的地上吧，以后农网改造，需要移动变压器的费用你来出。"

大家都默不作声，这也算没办法中的办法。

彦春说："神仙老人家，我搞养殖业投资进了20多万，还是一个烂摊子……"

老刘头严厉道："少废话，快去杀羊吧。"

彦春极不情愿地离开会场杀羊去了。夏在琴打开窗户,一股烟从窗户鱼贯而出,不知谁又在用电热水壶开始熬新茶了。

二军说:"国家振兴乡村的计划是让返乡的农民工、回乡的大学生来咱们农村创业,而我们这么难为这些创业者,以后谁还敢来咱们村创业发展?要我说,这顿现羊肉不该吃,等到这些个养殖户发展起来我们再吃也不迟。"

二军说不吃羊肉就先去隔壁睡去了。参会的邻居一边摆开扑克摊子打扑克、喝茶,一边等着彦春杀羊,吃现羊肉,自然不在话下。

半个月学习总算结束了,红梅坐着大巴从市里返回镇上,她习惯性地掏出手机刷了一下屏,一条新微信跳出来:国家开"两会"是决策会、方针会;有作为的人开"两会"是培训会、发布会;没作为的人开"两会"是这也不会,那也不会;闲散人开"两会"是约会和聚会。红梅看了后笑了,这时候他想:"丈夫和女儿在开什么会?"才半个月,他就想女儿了,非常地想。至于丈夫二军,她才不想呢,她只是担心丈夫和别的野女人有来往。

红梅转动自家门锁的那一刻,心想,如果此时要是看到丈夫二军和别的女人正睡在自己睡了几年的床上翻云覆雨,那会怎么样?她发现自己的呼吸竟然有些急促,她拎提兜的左手有些木然,拿钥匙的右手有些发抖。

她用钥匙慢慢地转动门锁,尽量不弄出声响。

她打开房门看到:床上是空的。她有些失望,家里一切还是原样,半旧的家具,素雅的窗帘,床头上那张两人相依相偎的结婚照也有些泛黄了。她想,婚姻真是折磨人,愣把这么两个倩男靓女给糟蹋成现在这个傻样。如今她们俩的婚姻就像一杯温热的白开水,不喝觉着渴得慌,喝了觉着寡淡无味。她外出学习两周,丈夫只来过一次微信,只是问了一下以前结婚纪念日那件花格衬衫放在哪儿了,他要开会时穿。而她也只是偶尔想想丈夫会不会趁自己不在,领回个女人睡她的床。镇上有许多年轻的女子,她们的眼珠子像卡通动画片里的女主角,贼溜溜会转动,那些女子也曾告诉过她:"这是美瞳,很撩人的,你也可以做的,姐啊,现在谁还会素面朝天,什么都可以做的,姐们有的去韩国整容呢。"

红梅放好提兜,走向卫生间,黑色的台面上有水渍晒干后留下的"地图"。她弄出一张湿巾纸,擦了一下手,又擦了台面,之后,随手将纸巾丢在旁边的垃圾桶里。她发现一个红红的东西躺在垃圾桶里,她有些好奇,用一根用过的牙签小心挑开上面的湿巾纸,拿了出来,是个化妆品瓶子。她确定这不是自己的,她不喜欢韩国的化妆品,上面韩国字就像那些女孩子的眼睫毛一样,总感觉是假的。她记着闺蜜用韩国的化妆品,她把电话拨了过去,闺蜜说:"你怎么看?莫不是小三落在你家的?"她的心跳开始加速,打开垃圾桶开始翻。她突然觉得自己的头皮有些发麻,两个软软的乳胶套混杂在里边。她小心地一个一个挑出来放在地板上,套套上沾了几根半长的头发,她用手拈起来照在光亮处看里边有什么东西。乳胶套外边沾了头发,灰尘太多看不清里边有什么,两个乳胶套已经粘在了一起可能已经干了吧,这样就可以确定,这并不是近期用过的乳胶套。她给闺蜜阿腾花把电话拨了过去。"那你现在有什么感觉"?闺蜜问她。"她手搭在心口上感觉了一下,心跳平稳了,头皮也不麻了,好像这是在讲别人家的故事,也许与自己无关。

她看着地下那两个乳胶套套子一阵恶心,仿佛看到小时候弟弟总是把打死的耗子提溜在手里晃的情景,一阵反胃。她立马把那两个乳胶套连同那个红色的瓶子重新扔回桶里,可又转身将瓶子拿出来。她又扯了一张湿巾擦了擦,把它放入自己放首饰的抽屉里。

一切恢复了平静,她还像以往一样,上班、做饭、收拾家,可是每当老公二军躺在身边时,她就会想起那个瓶子,她在想,究竟是什么样的女人,用这个牌子的化妆品呢?她应该没钱,不然不会买这不知道真假的韩国化妆品。她年轻么?是不是像班里的那些女人呢?而身边这个男人非常普通,中等的身材,一个精干的小村官。那么她是看上他什么了?他没钱也没权,而且就那方面而言也不是个让人尽兴的主。带着这些迷茫,她昏昏地睡去了,她看见老公和一个大眼睛女人在自己的床上扭过来扭过去好像是在干什么,又像是两只正在打架的狗,床头上的结婚照晃悠悠地掉了下来,正砸在那两具黄白的裸体上,顿时血流满整个床。一个激灵她醒了过来,窗外的路灯把树影照在床头上,丈夫轻轻地打着鼾。她走下床找出那个红色的瓶子,走到卫生间坐在马桶上,仔细端详和抚摸着瓶子。她仿佛又看到,女人描得很大的眼睛,红得就如这瓶子一样的嘴,而丈夫正和她在镜前激吻,她们甚至在卫生间里又做了一回。

第二天,红梅找到闺蜜阿腾花,和她说了自己的梦。

红梅:"你说那女的一定比我年轻漂亮吧?"

闺蜜:"那可不一定,吃多了鱼香肉丝,还想着吃土豆地瓜呢。"

红梅:"那女的图什么呀,他真得那么撩人吗?"

闺蜜:"金花配银花,西葫芦配南瓜。名人有名人的出轨法,下人有下人的红火法,那打工的还和捡破烂的有一腿呢!"

红梅:"你说他会不会跟我离婚?"

闺蜜:"你不是经常说,这寡淡的日子过够了,快离了哇,这会儿又怕了?"

红梅:"哎,还真离啊?孩子怎么办,两个家怎么办,不管怎么样,第一盘菜就是烧糊了也不至于倒了吧?"

红梅:"你说他会不会给她花钱?"

闺蜜:"那就保不齐了,那要看他两爱到甚程度了,男人爱女人就舍得给女人花钱,女人爱男人就会守身如玉,因为男人爱色,女人重性,总把自己看作重要的东西给对方"。

红梅:"不行,我得去看看卡里的钱有没有少。"

红梅拿着银行卡去柜机查看存款情况,闺蜜一个劲"咯咯"地笑着。

红梅看到存折里还是几年都没有长进的50000数字时,心里觉得踏实了许多,或许他只是肉体出轨,而精神里还是自己和这个家重要。可这时候她又纠结:"到底肉体和精神哪一个出轨更罪恶?"她也只能问闺蜜,一个女人总得有这样一个闺蜜,可以把自己那些见不得人的事情跟那儿倒出去,不然憋在肚子里会发霉的。闺蜜给她的答案是精神不可控制,肉体是可以控制的,所以肉体出轨罪恶大。这样一说,她又觉得恨极了,她恨丈夫,她恨那个瓶子的主人,这些个尤物就这样硬生生地闯进自己的生活里,玷污自己的那充满阳光的空间。

她越来越害怕黑夜,那些梦总会缠绕着她,有时候她也会梦到,自己和陌生的男人纠缠在一起,而她老公常常会出现在她快要高潮的时候,拿着一把明晃晃的利器向她捅来,她这时会吓醒来,浑身湿透了。丈夫有时候会被她吵醒,问她怎么了,她不说话,心里又在想那个红色的瓶子。丈夫摸下她的额头:"出这么多汗,是盗汗,更年前期症状。""你他妈才更年期了呢,我才34岁,你以为你是'唐僧'长生不老,在我眼里你就是狗屎,以前我只觉得你就是个小草,虽然不起眼,但至少是干净的,现在呢,草上都沾了狗屎"。丈夫看着咆哮的妻子,一头雾水,他想,女人老了就是可怕,便不敢再作声,躺回自己的被窝。

　　红梅疯了似得又找出了那个瓶子,重新回到床上,她拧开床头灯,审视起那个瓶子来,自己曾经也有过红花般的青春,像这个瓶子一样,从内而外透着璀璨的色彩,上大学时那么多的男生排着队给自己买冰淇淋。可是现在,她这朵花已经快要枯萎、凋零了,一切都在褪色,就连眼珠子都开始变得呆滞,那曾经让无数人称赞过的水晶般的眸子,水灵活鲜不见了,自己的颜值根本没法和现在女孩的美瞳相比了。

　　"你拿个瓶子看什么?"丈夫二军问到。红梅狠狠地盯着二军一声不吭。

　　"这瓶子里的抗裂士我已经用光了,那天我就扔在垃圾桶了。"丈夫二军搭讪着说。

"抗裂士"就是凡士林,如同山药——土豆——马铃薯都同指一物。红梅似乎想起了什么。她拧开瓶子闻了一下,确实闻到一股子抗裂士的味道。她有足跟开裂的毛病,一到冬天就犯,去年冬天,她去娘家,母亲给她装了半瓶"抗裂士"。她给忘得一干二净。可她又想,那两个乳胶套是怎么回事?

"我回来时,看到垃圾桶里还有两个用过的避孕套"。她不知道是自言还是问丈夫。可丈夫听明白了。

二军道:"我上次找衬衫时,发现柜子里有两个套子,也不知道什么时候买的,你走后,冉婷哭闹,我就拿出来让她玩,孩子就不闹了。"

红梅突然感觉浑身像是瘫软了,她重重地坐在床上,手机从她手里滑落下来,啪——嚓——嚓地撒开了,碎片停在了墙角。二军拾起撒架了的手机,拾掇了一下,重新安装好,随即试着拨通了电话,手机发出了嘟——嘟——嘟——的声音,红梅惊呼:我的手机活着,没被我摔坏!二军道:"没有!没有!一切正常!"

唧——唧——唧——,一条微信进入红梅的手机。红梅接过手机打开微信,看到:

"这是一个物欲横流,充满变数的时代,就拿人与人之间的称谓来说吧:老板——从稀有到遍地;小姐——从尊贵到低俗;美女——从惊艳到性别;鸡——从禽类到人类;哥们儿——从挚亲到驴友。"

"人们为了活命吃东西,为了保命又不敢吃东西;交话费的时候才发现自己的废话那么值钱;最遥远的距离就是面对面坐着,却在玩各自的手机;都说婚姻是爱情的坟墓,更可悲的是小三还要来盗墓。"

红梅和二军分享了微信,相视一笑,原来都是微信惹的祸。

二军、红梅和女儿冉婷把家收拾了一番,就去杨树村的田野帮邻居家装草。大田玉米早已收割完了,家家户户的玉米棒收入玉米笼。大田里只剩下收割倒的玉米秸秆,野兔出没在大田里,刺猬也不分白天黑夜的在秸秆下寻找玉米粒。已经是霜降时节,天气一天比一天凉起来了。拉草的三轮、四轮车穿梭于大田和村子里,三嫂也在场院里收拾场面,她把场院里的枯枝败草归拢在一起,然后点燃焚烧。自己优哉游哉地去大田上看拉草的人们去了,没成想一阵旋风袭来,把他家刚拉回的那垛玉米秸秆燃起来了,拉草的邻居告诉三嫂:"你家场面起火了!"三嫂哭天喊地地赶回来一看:火借风势、烈焰腾空、浓烟滚滚,整个场面都起了火。众人赶忙报了火警,镇上的消防车霎时赶来一通猛龙过江般地浇水,方才压住了火势。但三嫂家的那垛玉米秸秆几乎化为灰烬,所幸的是大火没有烧到附近的变压器。

瞬间的大火使三嫂昏了头,三嫂厉声地说:"肯定是有人放的火,赶快报派出所!"众邻居说:"是你自己烧垃圾放的火,还报的甚案?"

三嫂发飙道:"我该死,我要去坐牢!"众邻居把三嫂扶回家里进行安慰,二军看了火灾现场,拍了照,用手机向镇防火办发过去,然后号召前来救火的邻居们:都是乡里乡亲的,这场火灾三嫂家损失太大了,咱们每家给三嫂家送一三轮玉米秸秆草吧,以备三嫂家100多只羊冬天饲草。众邻居一一答应,并安慰三嫂:"火烧财门开,你家日后要大发了。"三嫂的情绪逐渐稳定了许多。

太阳将要落山,西边的云霞一片绯红,天空的大雁从北向南排成了一个"人"字,发出了"嘎噜——嘎噜——嘎噜"的叫声,一场大火后杨树村的天空更加晴朗。一群羊漫过收割过的玉米碴地,捡食地上玉米秸秆叶、豆叶、树叶。野兔、野鸡也混入羊群,一只小羊试图用犄角抵上野鸡,而野鸡则灵巧地跳跃、躲避开了。混入羊群的野兔则很尴尬,走也不是,跑也不是,它的跳跃式行进与羊群的匀速行进很不协调,让人看上去很别扭。

八、志国回到杨树村

听说高志国要回杨树村了,杨树村的邻居们都很期待。村里年长的老人说:"志国这个孩子有出息,这几年在外面把摊子闹大揽。"村里同龄的中年人说:"高志国在 W 市产业多、挣的钱几辈子也花不完。"而村里〇〇后出生的新生代则好奇地问父母:"高志国是谁呀?"因为高志国走出杨树村已经 30 多年了,他们未曾见过高志国的面。

志国的童年是在北方的杨树村度过的,家乡砒沙岩上的一石一草、沙荒地上的一花一木、草滩上蜿蜒的小河里……都留下了他儿时的欢乐。农村穷,农民苦,农业收入低是"三农"不争的事实。生活在农村的孩子,大都经历过农家生活的艰难。父辈们的淳朴、善良、忍贫、耐苦的性格深深烙印在高原的记忆里。

在志国的记忆里,父亲高喜泽是个大字不识一斗,只知道埋头干活的农民。民国 36 年,姥姥带着姐弟俩乞讨,弟弟饿死以后,母亲高冬花是以童养媳的身份进入高家的。母亲身体结实,性格温和,颜值高,属于那种任劳任怨的农村女性,年轻时吃了不少苦。母亲操持家务干农活、养儿育女,常年的辛劳使得母亲脸上的青春气息早已不见了,眼角的鱼尾纹悄然而至。在母亲眼里高原属于那种听话孩子;在老师眼里志国属于那种学习差的学生。在乡亲们的眼里志国属于那种诚实的孩子,父母、老师、乡亲们的厚爱使志国终生难忘,三十多年他始终没有改变对家乡的眷恋。如今的志国人到中年,早已成家立业。有妻子、儿女幸福相伴,自己的煤炭产业搞得风生水起,在乌海、薛家湾、新疆有煤矿、焦化厂。他把年迈的父母接在W市自己的别墅里,年届八旬的母亲吃得好,喝得好,还每天去找老年邻居们打麻将、玩扑克,这使得志国很欣慰;然而父亲却是个闲不住的人,整天捡破烂:矿泉水瓶、废纸箱片……一样也不放过。有时志国和同事们在W市大街上遇到父亲在捡垃圾,觉得很尴尬,志国犯难,上去打招呼吧?怕惊动父亲捡垃圾;不去打招呼吧?那可是自己的亲爹。志国不让父亲捡破烂,但父亲说自己是在锻炼身体,志国也很无奈。

　　杨树村春天的早觉是睡不够的,孩子都有睡懒觉的习惯,可是家里的农活实在太多了,母亲不得不用两只冰凉的手伸进被窝叫醒志国和其他三个弟妹。春季农忙时节,每天下午放学回家,孩子们总会听到母亲给安排"割草喂猪""放羊牧马"之类的活儿……于是,志国和两个弟弟、一个妹妹一边吃着母亲早已做好的放在锅里的可口饭菜,一边琢磨怎么干活。但贪玩的孩子们总是干不了那么多活儿,志国带着愧疚回家,母亲总是摸着他的头宽慰:"傻孩子,尽贪玩。"

　　杨树村的夏天姗姗来迟,农历五、六月间才是真正的"水流草绿"的时节。整个暑假,志国和同伴一起放牛、拦羊、牧马,在草地上"捉迷藏""跳方格""过家家"……有时玩着玩着就不管所放的马、牛、羊了,这些个鬼精的畜生就去糟蹋庄稼。邻居郭大爷满脸是汗,生气地把吃庄稼地牲口赶回了草地,志国和同伴们后悔得肠子都青了。过一会儿,看到郭大爷的愠色渐消,脸上泛起和蔼的笑容,志国和同伴们又左一个"大爷"、右一个"大爷"地向郭大爷保证以后一定要看管好这些个马、牛、羊,不要给家里人说。村里的人家沿河拦了三个塘坝用来饮牲口,每个塘坝水深足有1.5米多。每当中午,烈日炎炎、骄阳似火,水对人的诱惑力特别大,全村的女女、小小全部赤条条地光着屁股去坝里玩水。大人们怕孩子溺水,志国和同伴偏要偷着游泳:什么狗刨刨、什么仰泳、水里憋气样样都会。常常是孩子们前脚去塘坝游,父母后脚在后面追,孩子们从大坝这头扎进去从那头游出去,再从二坝这头扎进去从那头游出去,紧接着从三坝这头扎进去从那头游出去。孩子们掌握了一定的游泳技巧,速度自然也加快了,后来的日子里,父母干脆不管孩子们了,有时父母成了孩子们的忠实观众。大人在树下抽烟聊天,孩子在水里尽兴地游玩。

杨树村的秋天瓜果也飘香,秋天大田作物如期成熟,糜子、谷子散发着炒香味;玉米像别着手榴弹的士兵挺立在田间;村里很多人家种西瓜、甜瓜、苹果。母亲常叮嘱高原:"别摘人家瓜果,想吃咱们自己种!"于是,每天下午放学,志国就跟着母亲秋收,可心里老惦记着邻居家的瓜果。志国心不在焉地干活,自己与自己比耐力。村里有三棵杏树是集体的,每年杏子还没成熟,志国和同伴就去摘,到了杏子成熟期,树上只有叶子没有杏子,大人只是惋惜,而一群小伙伴则把杏树坡当作孙悟空的花果山,乐此不疲。后来,这三棵杏树被村里一个爱种地的老头连根刨了,改种玉米。孩子们的"乐园"被毁了,孩子们恨死了刨杏树老头。志国成家立业后第一件事就是在院子里种苹果树,现在他的院子里有六棵苹果树,每到秋天果实累累,品尝自己种的香甜的苹果,想起母亲的话,志国用自己的劳动圆了儿时的苹果梦、特有成就感。每到苹果收获的时候,志国会把苹果送给兄弟姐妹、亲朋好友一起分享。而母亲总是这样说:"这就对了,自己吃自己种的苹果心里才踏实。"

杨树村北方的冬日是漫长而寒冷的,寒风能把石头吹裂。母亲在农闲时间用她那双神奇的手为高原做冬装,挂布面羊皮袄这种服装既暖和又美观,这种衣服在物质条件贫乏的二十世纪80年代初期对于农村来说是一件奢侈品。同伴羡慕得要死。志国穿着它上学、划冰,一点也不觉得冷。志国的少年时代的冬天是在母亲做的挂布面羊皮袄里度过的。

杨树村仲冬中旬的夜,月明星稀,河面上没有一丝儿风,天气也相对比较暖和。山川、河流、树林、村庄一切都在明媚的月光下,一群少女、少男在冰冻的像大镜面似的小河里划冰。有时冰车与冰车相撞,冰车翻了,有人滑倒了,磕磕碰碰,熙熙攘攘,奇怪的是也不会出什么安全事故。一直到月落星残,孩子们才恋恋不舍地回家。周日,志国和同伴们也去三叉渠小河面上滑冰,志国和同伴们有时顺风迎着朝阳向下游滑,有时逆风背向太阳向上游滑,不过逆风滑冰时还得一个同伴在后面推着。

志国的少儿时代是在杨树村度过的。在"文革"时期,村里经常开大会,几百人围坐在村里的大杨树下听下乡干部讲话,关于"文化大革命"批斗地富反坏右、割资本主义尾巴、农业学大寨、工业学大庆……往往一开一个上午,郭大爷滔滔不绝地上台讲话,参加开会的村民们一会儿喊口号,一会儿唱歌。听台上领导讲话时,村民们大都闭目养神、似睡非睡。而年长的郭大爷抱起志国亲了又亲。大会在口号声中、锣鼓声中结束了,众乡亲四散离去。那些年每到春夏是轰轰烈烈的大生产,到了冬天却是家家户户无粮过冬,吃返销粮。村民们的生活过得苦,吃得是玉米面糊糊和菜稀饭,干的是修田筑坝的重活。村里晚上排练节目,宣传毛泽东思想。志国和二军及同伴们自然都会去看热闹的。

志国上完初二就辍学了,他整天少言寡语、闷闷不乐。志国不止一次地问自己:"我该怎么办。"摆在面前的有两条路:其一是外出打工,创业发展;其二是在家务农,修理地球。好心的邻居大叔大妈不厌其烦地为志国提亲说媒,他们劝志国先成家后立业,志国那颗高傲的心在严峻的现实面前慢慢地屈服了。经人介绍,志国成家了,从此他有了自己的小雀巢。志国和妻子成家后日出而作,日落而息,苦心经营着几亩旱田。一年下来,地里的收入不足千元。二十世纪80年代的中国农村掀起了改革大潮,"三农"正在悄然地发生着变化。村里的年轻人有的做起了生意;有的外出打起了工,而志国依然固守着清贫。

穷则思变,一个偶然的机会改变了志国一生的命运。那时北方农村时兴建筑起脊砖瓦房,一个砖工的日工资达150元。志国给砖工师傅当壮工,干起了和水泥、抱砖这个只能挣得日工资50元的壮工活儿。志国是个有心人,他利用工休的间隙学砖工,中午晚上休息时琢磨砖工技术,几处房子建下来,志国也成了一个"二把刀"砖工。志国想组建一个工队,给想建房的农牧户承建起脊房,他把这个想法告诉母亲,母亲说:"儿啊,出去闯一闯吧,咱们穷了几辈子了,兴许这是个挣钱机会。"母亲把全家仅有的一张10元"大团结"交给志国,母亲深知儿子肉量大,又给志国打点了一包猪头肉。志国扛起一捆行李、挂起砖工提兜和工友们步行向鄂旗方向出发了,晚上路宿鄂旗西桃楞一家旅馆,白天是一天的负重步行。志国和工友们疲惫不堪地进入梦乡,一觉醒来,志国发现母亲给自己带的猪头肉被小偷摸去了,志国懊悔了好一阵子。早知如此,不如路上和工友们一起分享了多好。志国记得上初中时,母亲每周总要给自己拿一罐头瓶猪油,嘱咐志国去学校吃饭时每顿放一汤匙。志国老觉得馋,周末到校第一件事就是用小匙把猪油撩着喝完。现在,猪头肉丢了是小事,更主要的是枉费了母亲的一片心意。

上天总是眷顾那些在艰难困苦中奋斗着的强者,志国和工友们一路给农家牧户建房,有了一定的积蓄,辗转来到乌海矿区。那时乌海地区的小煤矿遍地开花,志国和工友们承包了一个小煤矿,三年的时间,志国赚得了人生第一桶"金",之后志国买下了这个煤矿。又是三年,志国经过资本积累进行了企业扩张,在薛家湾建起一个煤矿,之后又在新疆建起了两个煤矿,一个现代化的洗煤厂。

如今的志国有了自己的公司,志国由一个贫穷的农家子弟变成了一个有一定资产的民营企业家,但他并没有忘记杨树村的父老乡亲。第一次回到杨树村,志国杀猪宰羊宴请父老乡亲;第二次回到杨树村他出资打了一眼270米的深机井,并配套了两台柴油机,这口机井能灌溉300亩水田;第三次回杨树村,志国出资修通了杨树村串户水泥路,还给考上大学却上不起学的户子和大病户每户资助10万元;第四次回老家,志国在自己家的旧址上建起了300多平方米的住房和养殖基地,用网围栏围封了属于自己的500多亩的草牧场,并用杨树、松树加以绿化。志国没有那种暴发户摆谱的架子,只有回馈父老乡亲的真挚的情怀。

这回志国回来是要给他的发小兼同学张坤搭礼,张坤要娶儿媳了,于是志国就乘飞机从乌鲁木齐飞抵银川,然后又雇了代驾,改乘小车经乌海一路风尘仆仆地回到杨树村。同行搭礼的还有志国的初中同学王荣生、乔智雄、温俊芬。毕竟30多年过去了,当年的小伙子、小姑娘们现在都已人到中年了,都到了给儿女们谈婚论嫁的年龄。看上去志国的这些同学少了许多浮躁、多了几分稳重,年少的韶华远逝,青春气息早已不在了,但浓浓的乡愁和同学情依旧。

张坤给儿子春雷办喜宴,地点选在了杨树村,雇来的宴席车、餐饮车、住宿车配套齐全,厨师稳步运作。二军支书当起总代东,建平、忠平、二军、艳春、张虎是代东,他们进进出出在准备筵席。菜是农家菜、肉是牛羊肉、酒是粮食酒、宴是农家宴。婚宴准备的淳朴实惠,很接地气。20多张筵席显得不拥挤,张坤的姊妹弟兄多,嫡亲占了15张;同学占了5张;春雷的朋亲占了3张。大帐内人声喧哗,大帐外鞭炮噼噼啪啪。不说嫡亲们相互嘘寒问暖,只说张坤的这几桌同学:志明、高飞、世锋等远在外地,人未到,礼从微信上先到。从W市来的有高志国、王云生、乔智雄、温俊芬、安丽琴、袁九维、刘海荣;从E市来的有高菲、牛香萍、苏丽萍、苏林芳、朱瑞芳、李志兰、杨巧云、刘俊莲、王香娥、奥凤军;从A镇来的有王允枫、高子荣、刘二雄、何虎、李永亮、张三师、武志力、马智荣、李云喜、刘子荣……

在酒宴上,男人们对酒往往表现出豪气冲天的情感,一杯接着一杯,三杯五杯,十杯八杯不在话下。酒的来源有微妙的神奇传说,相传古时候有一位农夫,秋收时不慎将一口袋高粱倒入水缸中,数日后缸内飘出异香,农夫惊诧。这时,过来一位仙风道骨的长者,告诉农夫:"你的缸内要出琼浆玉液了,但是你得按照我吩咐的去做。"农夫忙问:"如何去做?"长者说:"明天你要想法找到三个人,每人给缸内滴一滴血方可。"于是,第二天一早农夫便在大街上等人。一会儿过来一位风度翩翩的文人,农夫说明所求之事,文人慨然应允,给缸内滴了一滴血。时近中午,又过来一位武将,也给缸内滴了一滴血。下午,路上一直没人,等到酉时,天已黄昏,过来一个疯子,农夫无奈只好让疯子在缸内滴了一滴血。此时,缸内突然飘出奇异的香味,尝之,醇香溢口,清凉甘冽。于是农夫在缸上做了记号,写了个酉时的酉字,点了三个点,意思是那三个人的三滴血,于是就有了"酒"字。时至今日,喝酒之人,一开始文质彬彬,是享受那个文人的气质;喝到中途,意气风发,斗志昂扬,表现的是武将的风范;喝到最后语无伦次,体面全无,就是那个疯子的血在作怪!

有的人反对喝酒、抵制喝酒,有的人甚至滴酒不沾,尤其是很多女性厌恶酒。这不?女同学高菲在给众同学直播戒酒段子:

《酒的说明书》

酒的原名:白酒,粮食之精华,酒精度35～65度。

品牌昵称:晕头转向口服液。

主治功能:办事、拉关系、婚丧、嫁娶、无聊、兴奋、空虚、寂寞、悲伤,压抑。

用法用量:二十四小时皆可服用,一日一次或N次,每次1杯或N瓶,喝到呕吐、要命、害怕为1个疗程。

历史渊源:酒是杜康造传流,能和万事解忧愁。

适用人群:男女老少嗜酒爱好者,俗称酒囊饭袋族群!

饮者雅号:走不稳的叫酒仙,站不立的叫酒鬼。

优点自荐:自从喝了这个晕头转向口服液,腰不酸了,腿不疼了,睡眠也好了。从早晨一觉睡到下午不是事儿,晕头转向口服液,大品牌,值得信赖。

正常反应:哭、闹、叫、吹牛、伤胃、折腾、打架斗殴、惹是生非。

不良反应:开启吹牛逼模式和英雄模式,没喝酒之前我是中国的,喝酒之后地球是我的。酒后使人意乱神迷、神情恍惚。

喝酒一般经过四个发展阶段:甜言蜜语——豪言壮语——污言秽语——不言不语。

疗效作用:装在瓶里像水,喝到肚里闹鬼,说起话来走嘴,走起路来闪腿,半夜起来找水,早上起来后悔,中午端起酒杯依旧很美!酒是为工作、为生意、为前程、为友情尽兴的佳酿,是唯独不为健康负责的透明祸水……

众同学拍手称赞,有人提议:咱们今天就只喝茶,不喝酒。

这边桌上女生高菲给众同学直播《酒的说明书》的段子,那边桌上男生白宇坤正在给男同学怀旧二十世纪七八十年代的过往:

那些年……

天是蓝的，
水是绿的；
庄稼是长在地里的，
猪肉是可以放心吃的；
耗子还是怕猫的，
人们还是讲理的；
结婚是先谈恋爱的，
理发店是只管理发的；
药是可以治病的，
医院是救死扶伤的；
粮站是供应平价粮的，
照相是要穿衣服的；
欠钱是要还的，
买东西是要付钱的；
孩子的爸爸是明确的，
孩子的妈妈是要有结婚照的；
供销社是不图挣钱的，
军人是不能随便当的；
卖狗肉是不能挂羊头的，
结了婚是不能找小三的；
果实是山上摘来的，
鱼是在大自然中生长的；

孩子是不会丢的,
路人是可以随便借宿的;
家里的狗是不穿衣服的,
女人的胸是怕见阳光的;
农村暴发户是屈指可数的,
城里的大咖是为数不多的,
农村基本是夜不闭户的;
干部下乡是要吃派饭的,
市场里是没有地沟油的,
百姓的食品是自己种的……

有人叫好、有人鼓掌,有人高喊宇坤侃得好,还有人提议共同举杯来一个。光阴荏苒,时间如梭,30多年不见,难得一聚,咱们来个一醉方休,宇坤继续往下说:

经过中央多次整顿,
人民群众惊奇地发现,
各行各业的领导的能力
有了很大的提高:
有的会自己走路了;
有的会自己打伞了;
有的会自己开车了;
有的会自己拎包了;
有的会自己拿水杯了;

有的会自己写讲话稿了；

有的会自己掏钱吃饭了；

有的晚上会早早地睡觉了；

其实人民群众对领导的期望也不是很高，

只要他们的生活能基本自理就可以了。

众同学笑了，靠窗的一桌同学围绕着挣钱的话题，表述得五花八门。有人问："这些年你挣钱了没？"

有的说："挣了个屁。"

有的说："挣了个毛。"

有的说："挣了个锤子。"

有的说："挣了个球。"

有的说："挣了个妹。"

有的说："挣了个鸟。"

有的说："挣了个他奶奶孙子。"

还有最恐怖地说："挣了个鬼。"

乔智雄道："哈哈哈！看到了吧，只要努力什么都能挣到。"

有人问志国创业成功的秘诀，志国娓娓道来："创业的失败是不可避免的，成功是绝非偶然的。创业要想成功除了自身的奋斗和担当还需把好方向，人有多大胆、地有多大产，如果你连想也不敢想，还创的什么业？举棋不定，方向不明，累坏三军，你的创业方向是不是与时俱进,这很关键。其次是投资也很重要,没有前期的资金注入,就没有后期红利收益;还要有一个团结的团队,没有一个奋力拼搏的团队,你的项目是难以实施的……"

春雷和邵丽的婚礼在一段《天仙配》的音乐过后开始了,参加婚宴的来宾把目光聚焦在婚宴的T台上。人们看够了西式婚礼,都迫不及待地想见识一回中式婚礼的回归。

主持人语:"华堂异彩披锦绣,良辰美景笙歌奏,今日举杯邀亲友,钟情燕尔配佳偶。各位嘉宾,各位朋友,各位长辈尊亲,在下这厢有礼啦!欢迎大家在这幸福美好的日子里如约而来,春雷先生和邵丽小姐的婚礼喜堂喜设杨树村,此刻餐饮大棚是欢声笑语、张灯结彩。"

"好!良辰已到,恭请执礼者各执其礼,执事者各执其事,观礼者助兴围观,乐手笙箫鼓乐齐奏祥瑞之声!"

"牵马的,抬轿的,敲锣打鼓放炮的;
接客的,嘹哨的,还有招呼不到的;
梳头的,扶女的,亲朋好友知己的;
看客的,送礼的,四面八方贺喜的;
烧火的,做饭的,挑水切菜捞面的;
扫地的,看院的,沏茶到水抹案的;
还有门口立站的,扒到窗台偷看的。
来!新郎、新娘咱们一起行礼啦!"

"大家请看,现在花轿已到喜堂门前:恭请新嫁娘姐姐下轿——"(督导调度新郎新娘从候场处走到花门下就位,新郎手中牵着红绸的一端,另一端交给新娘。新娘头顶红盖头,注意着将中央金色装饰顶在最顶端。新娘右手牵红绸,左手执苹果。)

(音乐起:锣鼓步步高;舞台前方摆设着象征性的火盆。)

"一条红丝绸,两人牵绣球,月老定三生,牵手到白头——新人驾到!"

"玉凤抬足迈盆火,凶神恶煞两边躲。喜从天降落福窝,好日子红红火火!迈火盆——"

"鸣炮——奏乐——"新人登台就位(男左女右)。

"朋友们,天圆地方,人海茫茫。梧桐凤凰,儿女情长!有缘携手在一起,多亏了天地成全造美意,恭请张府春雷先生携新婚佳偶邵府邵丽小姐,怀虔诚之心,行恭敬之礼,面对龙凤双喜婚神,参拜天地谢姻缘!"

"新人跪——"

"一叩首:诗题红叶天授意,谢天赐良缘——"

"再叩首:蓝田种玉地作媒,谢地造美眷——"

"三叩首,结发成婚由海盟,谢天地成全——"

"天地礼毕,掌声请起——"

"二拜高堂父母受礼——"

"一叩首:感谢父母养育恩——"

"再叩首:孝敬父母是本分——"

"三叩首:早日抱上胖孙孙——"

"新人起身——"

"张府老爷、福晋这厢给儿子、儿媳打赏了——"

"恭喜发财,红包拿来,越多越好——"

"夫妻对拜,音乐起百鸟朝凤——"

"请新人相隔两步,相对而立。"

"龙飞凤舞结良辰,夫妻对拜喜盈门。"

"新人跪——白头偕老夫妻恩爱。"

"有请一拜:比翼齐飞、事业添彩——"

"有请二拜:早生贵子、幸福康泰——"

"有请三拜:良缘必有宿命,大礼本自天成——"

"一对有情人终成眷属!"

"新人起!"

"挑盖头——"(三挑)(音乐:欢乐年)

"秤杆金,秤杆亮,秤杆一挑挑吉祥。新郎用这秤杆上十六颗如意星,挑出花堂的璀璨之星,挑出自己的幸福之星!左一挑吉祥富贵,右一挑称心如意,中间一挑挑出个金玉满堂!"(音乐:万寿无疆)

"一个葫芦分中间,一根红线两人牵,一朝同饮合卺酒,一生一世永缠绵。新人挽起双手,幸福从此开头。同

干共饮交杯酒,真情真爱心中留,有请干杯!共祝新人痴心情浓,血脉相融,爱满苍穹。"(乐起喜洋洋)

"朋友们,张府春雷先生和邵府邵丽小姐传统中式婚礼礼成,最后希望大家再一次响起祝福的掌声,祝愿他们能够永远相亲相爱,白头偕老。"

在全场一片爆豆般的掌声过后,婚礼T台上歌者、舞者轮番登场;管弦丝竹不绝于耳;筵席面点糕点行云流水,一道道美味佳肴端将上来;婚礼在喧闹祥和的气氛中持续着。

说来春雷是一个农家的穷孩子,靠自己的努力考上镇干部。春雷在N镇上班,在N镇认识了自己未来的媳妇邵丽。"邵丽"这名字一听就是城里人,的确,邵丽家在N镇当地,父母是做生意的,家里超有钱。邵丽有两个姐姐,嫁的丈夫不是公司老总就是企业高管,而且家里都有房有车。而邵丽跟着春雷这样没钱没房没车的穷小子恋爱,父母自然不情愿。

不过邵丽性格倔强,只要她认定的事没有谁可以改变。父母不同意,邵丽竟然直接在家里拿出户口本和春雷领了结婚证。父母得知此事半句话都没说,只好让邵丽嫁给春雷了。

看到媳妇这样为自己,春雷自知心里有愧于她。所以婚后没有回乡下老家,一直在N镇打拼。为了能给媳妇一个安稳的家,春雷一直拼命地工作,三年之内,春雷也在Ａ镇市买了房,也买了一辆属于自己的车。

虽然说这不算什么大出息,但对于春雷来说已经很不容易了。

前几天是丈母娘的六十大寿,春雷自知要在丈母娘面前好好表现。所以在寿辰前一天就特地向单位请了假,然后去商场给丈母娘买了一件一千多元的外套,还包了五千元红包准备给丈母娘祝寿。

为了给丈母娘一个好印象,春雷还提前去了丈母娘家,然后把礼物和钱都给了丈母娘。丈母娘虽然收了,但是却没有正脸看一下春雷。接着邵丽的两个姐姐、姐夫都来了,看到他们过来,丈母娘一脸笑容的接待。再看姐姐们给的礼物,一个拿来金项链,一个献上玉手镯,而且给丈母娘包的都是一万元的红包。春雷看得傻了眼,脸上刷白刷白的,"天哪!我拿的钱物太寒酸了。"邵丽似乎看出了春雷的心思,便安慰春雷:"你别管他们拿得多,我们拿的少,有心意就够了!"邵丽这样一安慰,春雷心里也舒坦多了。

中午,丈母娘做了一桌丰盛的饭菜,正当大家坐上去准备开吃的时候,却发现少了一个位置。这时丈母娘指了指春雷,对他说:"哦,不好意思,这没你的位置,你就坐沙发那儿吃吧!"春雷想:这个老女人真势利啊!她看女婿的标准是有钱和没钱,她对人民币的情感早已超越了亲情。

当时春雷没敢再多想,便端着碗坐到一旁去吃了。不过邵丽看不惯了,她起身把桌子给掀翻了,大声对母亲吼道:"妈,您为什么故意把凳子藏起来?您不待见女婿,那也休怪女儿不认您,我们以后再也不回来了!您也不用给我们办婚礼了!"邵丽说完便拉着春雷的手跑回了杨树村。正是母亲的势利,使得邵丽发愤图强考上了A镇的一所幼儿园。

后来,还是父亲怀揣着3万元去跟亲家约定:3万元作为父母养儿育女的辛苦费,女方家提出不办婚宴,男方择日单独办婚宴。

东家张坤夫妇满过待客酒,新人春雷和邵丽也满过了敬酒,客人们开始散乱离席。已而夕阳西下、风轻云淡。前来搭礼的宾朋归心似箭、熙熙攘攘的开始走出餐饮车,好在各路宾朋都有自己的代驾,不用担心行程安全。志国也走出餐车驻足远望:落日余晖萌动着绚丽的生机。晚秋的杨树村:小河里水鸟群起群落;柳林里野兔突如往来。经过片刻喧闹,鸟儿归隐树林巢穴,野鸡栖息沙蒿底下。生命在运动和静止中交替,时光在喧嚣与宁静中流转。徜徉在杨树村的农家,驻足西天的晚霞,当天地融合在一体,地平线的分界线早已消失得无影无踪。

九、学子回村谢师恩

时至大寒,二十四节气中最后一个节气,天气寒冷到极点。西伯利亚寒潮频繁南下,影响了我国大部地区。杨树村草深林密呈现出冰天雪地、天寒地冻的严寒景观。

诗云:"蜡树银山炫皎光,朔风独啸静三江。老农犹喜高天雪,况有来年麦果香。"过了大寒又迎来了立春,周而复始新的一年节气轮回。俗话说:"花木管时令,鸟鸣报农时"。花草树木、鸟兽飞禽均按照季节规律性活动。大寒时节,北方大寒分为三候:"一候鸡乳;二候征鸟厉疾;三候水泽腹坚。"江南湖畔海边出现了花信风:"一候瑞香,二候兰花,三候山矾"。

小雪卧羊,大雪杀猪。杀猪菜原本是杨树村每年接近年关杀年猪时所吃的一种炖菜。过去,杨树村人没有条件讲究配料,只是把刚杀好的带猪血脖颈肉斩成大块煮熟后、切成大片放进锅里,然后边煮边往里面放酸菜。加水和调料,等到肉烂菜熟后,再把灌好的血肠倒进锅内煮熟。上菜时,一盘肉,一盘酸菜,一盘血肠,也有的是把三者合一。这种菜不是刚做的好吃,而是多做,以后吃的时候一热,那才是最好吃的。杀猪大烩菜是杨树村的特色美食,主要以刚杀的鲜猪肉为主,可以和大白菜、土豆、粉条来进行搭配,做出的菜品色泽极佳。

记忆长线牵回到三十多年前的农村杀猪时的情景,每到寒假到来的时候,也是村里杀猪的时节,有时一天之内同时有几家杀猪的。没有电视的年代,谁家的猪叫狗咬也能引起孩子们的兴趣。杀猪的每个环节都有看点,抓猪、杀猪、刮毛、剖肚、卸肉……鹏翔、世锋、鸡换这帮孩子最喜欢看的是杀猪匠往杀死的猪的体内吹满气,让那头本来就肥的猪变得更加滚圆,然后浇上开水,用刮毛刀麻利地把它刮成一个肥胖肥胖的圆猪。

看完热闹的孩子们会一窝蜂般地跑回自己家,任由主人怎么挽留都留不住。虽然嘴上很馋,但脸薄执拗。

在鹏翔很小的时候就听过自家的猪儿被拉上刑场的那一声声的惨叫,他问过爷爷奶奶、邻居叔叔、婶婶为什么非得杀猪呢?大人们说南方人再穷也要念个书;北方人再穷也要喂个猪。长大后鹏翔才明白南方人注重投资智力,北方人注重改善生活。

杀猪的主人家就像办喜事一样热闹非凡,亲戚朋友、左邻右舍都是座上宾。以往欠下的人情债,比如借过钱物,帮忙干过活的,不必在嘴上道谢,只要在杀年猪的那天请人家过来吃肉,那说明人家心里记得那份情意,彼此心照不宣,在一起喝酒时谈收成谈生活,绝对不会在其他人面前说起为啥要请他来家里吃肉。平时有过磕碰闹过不愉快的"仇家"也要请来,几杯酒下肚,把话说开了,一笑泯恩仇。

杀猪那天,不用分工,男人们会帮忙抓猪、抬猪、收拾蹄头下水。女人们帮忙择菜、切菜、做菜。杀猪那天的主打菜是白肉和酸菜,有的人家那一顿就会用掉四分之一的猪肉,最少的也要吃掉三五十斤。对于所有的人家来说,杀猪那天不是过年但胜似过年,亲朋相聚、把酒言欢、欢天喜地。

如果父母在邻家帮忙杀猪做饭,主人家会派家里的孩子去叫他们的孩子来家吃饭。如果你不去,女主人在忙过之后会亲自端来一盘烩菜送到家里来,多数女主人还会悄悄把肉尽量多地埋在烩菜的下面。这段时间经常会有杀猪的邻居送来杀猪烩菜,孩子们吃完这家吃那家,整个冬月就是在吃杀猪烩菜中度过的。一百家杀猪烩菜一百家味,一家胜似一家,没有一家差的。

成仁老师和大方老师是同事,在杨树村小学一同参加工作,一同退休,但二人的人生观截然不同。大方老师退休后搞起了养猪,整天忙于喂猪,靠卖猪发家致富;成仁老师退休后种一小块蔬菜地,休闲时打打麻将、散散步,注重修身养性。前几天成仁老师打电话邀请高鹏翔、高虎、张鸡换等几位学生来家吃杀猪烩菜,几个弟子应邀相约如期而至,顺便来看望小学时的启蒙老师。

二十世纪七八十年代的杨树村,沙荒地、砒沙岩,水瘦山寒、人贫地瘠。春天刮黄风、夏天少绿荫、秋天没收成、冬天缺粮食,杨树村的村民连肚子都填不饱,孩子们上学那是梦想。许多孩子即便能上学,连小学也上不完就辍学了,成仁老师教的那届20多名学生中,只有鹏翔、高虎、鸡换坚持读完了小学,之后三个孩子又上中学、大学,走上工作岗位,走出了杨树村。

改革开放30多年后,鹏翔、高虎、鸡换这些个弟子早已成家立业、功成名就了。在成仁老师的印象中,小学时的鹏翔属于那种鼻涕连天、少言寡语、勤学上进的孩子。上中学时鹏翔改名高飞,家里姊妹弟兄多,经济状况也差,高飞利用假期去鄂旗新召给牧户打工,贩绒毛挣学费。1988年,高飞贩绒毛赔了一万多,虽然在经济上受到了损失,但为日后事业发展积累了经验;世峰属于那种清纯可爱、活泼好动、学习用功的孩子,经常在煤油灯下挑灯夜读;鸡换属于那种诚实可爱、勤劳朴实、聪明好学的孩子,经常手不离书。三个孩子的学习成绩都在前三名,轮流拿第一、冠军争着当,往往差距在1分到0.5分之间,有时成仁老师为了确定第一名还得费一番思量。

1985年,杨树镇的一批学子考上了高等中专,其中有7个学子考入呼市交通学校(现已合并到内蒙古大学)学习路桥专业,他们有高飞、刘海荣、朱小平、白志强、郭占云、牛志军、解飞林。毕业后,高飞被分配到伊旗公路段工作,后调往鄂尔多斯市公路工程处任质检员。几年后他退出了单位,组建了自己的路桥公司,随着国家西部大开发的进程,国家逐渐加大了对公路建设的投入。行话说:"金桥、玉洞、银铺路",爱死利家、怕死行家。高飞的路桥公司通过投标承建了多处样板公路:从阿四线开始,又陆续修建了阿拉善左旗、东胜林荫路、柴家梁复兴北路、集宁至二连运煤专线、鄂前旗城川路,再到呼市地铁线……到处留下了高飞奋斗的足迹,高飞淘得了人生第一桶金。他出资给两位哥哥看病直至送终;他赞助杨树村考上大学而上不起学的学子;他在春节期间看望杨树村60岁以上老人,并送去大米、白面;他和世锋结伴回老家邀请小学同学、老师小聚,高飞有了钱并没有忘记父老乡亲,他有一种回馈家乡的情怀。

高虎孩提时代的家庭情况比较特殊,单身父亲抱养了他,爷爷奶奶抚养了他,高虎从小缺失母爱,八九岁的花季少年要每天往返20里去学校上学,小学五年的上学路他坚持下来了。在成仁老师眼里高虎是一个"学霸",他的中学时代是在艰难困苦中度过的。读中学时,高虎改名高世峰。

1985年,世锋毕业于伊盟师范普师班,毕业后他在杭锦旗实验小学开始任教。从教30年,他先后在杭锦旗民族中学任教,巴拉贡中学任教导主任、副校长、校长,城镇中学校长;杭锦旗教育局副局长,杭锦旗旗委组织部副部长、党校常务副校长;鄂尔多斯市长泰集团副总经理、鄂尔多斯市鼎晟集团综管部部长。在学校任职期间,他自考了汉语言文学本科,函授了政法本科、教育管理本科。在巴拉贡任职期间,他多方筹措资金,建教学楼、学生公寓,彻底改变了巴拉贡中学的办学条件,把一所乡镇中学打造成了杭锦旗名校,乃至鄂尔多斯市名校。高效严谨的教学管理,使巴拉贡中学实现了全市中考成绩"五连冠"业绩;在杭锦旗城镇中学担任校长期间,他又多方筹措资金,修建塑胶操场、学生餐厅、报告厅。由于他在教育、教学上管理有方,杭锦旗城镇中学考入市一中、考入国家重点大学的学生数在全市实现了又一个"五连冠"的佳绩。翻开高世锋履历,各种荣誉称号历历在目:"第三届杭锦旗优秀青年""杭锦旗先进工作者""杭锦旗优秀教育工作者""杭锦旗先进教育工作者""杭锦旗十大杰出青年""鄂尔多斯市首届十佳校长"……世锋走过了一段精彩的人生之路。

如今的世锋退休创业,创建了鄂尔多斯市爱尚佳商贸公司、通达劳务公司,开辟了人生的第二条航线。他深情地眷恋着养育他的杨树村,每到节假日,别人都到外地的风景名胜区游山玩水,可他总要回到杨树村看望父老乡亲、山山水水,然后给爷爷奶奶上坟,烧纸祭奠。

上小学时的鸡换长相与众不同,目光炯炯有神,前额大、后额也大,整个脑袋比同龄的孩子大。成仁老师曾经戏说:"鸡换的脑袋大,脑子装得多,是未来的科学家。"鸡换还有一个特点是心灵手巧,记忆力特好,能把小学课文倒背如流;一双白皙灵巧的手会制作各种各样的玩具:纸飞机、风车、玩具枪、双杠人……

鸡换的家庭经济状况比鹏翔、高虎好。鸡换一路从小学、中学到大学的学费、生活费家里还能勉强支撑。上初中时老师把他的名字改为志明。1986年,志明考入了包头医学院,四年的医学院校生活,把一个毛头小伙子培养成了一个胸外科手术大夫,志明同时也收获了一份爱情。志明和爱人AA是医科大学的同班同学,两人毕业后一同进入市医院工作。大学毕业后也到了谈婚论嫁的年龄,AA把志明带回家见父母。不见不要紧,一见吓一跳。原来他的老丈人竟然是市医院的院长,他的大舅哥是某企业的知名企业家。志明有点紧张了,原来AA在志明面前只字未提自己显赫的家庭背景。大舅哥看出了妹夫的腼腆,主动过来拉起志明的手说:"志明是医学院的高材生,很优秀嘛,来——来——来——,快请坐。"志明见过岳父、岳母,与这位大舅哥攀谈起了家长里短、生活琐事。一席长谈,二人很是投缘。当志明谈及自己还想继续在医学上深造,这位未来的大舅哥表示:"你和我妹妹结婚后,去成都医学院读研的费用我包了。"

志明在成都医学院读了三年的研究生,毕业后被分配到北京263军医院当起了胸外科主治医师,迈出了他医学生涯的重要一步。这时的AA也调到263军医院当起了高级护士,女儿毛毛也在北京就读于一所小学。志明在北京当上了大医生,方便了杨树村、杨树镇乃至A镇的亲戚朋友、父老乡亲上北京看病就医。去北京看病的病人大都是大病,什么脑梗呀、心梗呀、癌症呀,都是要命的病。只要一个电话打在北京263军医院,与志明联系上,病人几乎就像抓住了救命的稻草,病人的情绪也就好起来了,志明是病人的精神支柱。志明是胸外科主治医师,工作起来几近没有节假日、双休日,每天8小时,甚至是16小时的站手术台,有时为了大病患者在手术台上加班,饿了就和同事们敲开几支葡萄糖来解饿。有一次,志明再给一位患者做手术时竟然晕倒在手术台旁,同事们把他扶在椅子上稍事休息,当他清醒过来时继续给患者做手术。由于长期在手术台前站着做手术,导致过度疲劳,他的腿经常浮肿、虚汗淋漓,两个助理女医师不住地为他擦汗,就是这样志明还是要坚持做完手术。患者的家属掉泪了,医院的领导掉泪了,同事们劝说:"志明医师,救死扶伤尽力而为,你没必要这么拼命。"志明说:"看到患者求生的热泪、家属的焦急渴望,我不得不拼命呀!我是医生,不能让患者死在手术台上,我于心不忍啊。"

  繁忙的工作并没有使志明忘记家乡来的求救的患者,起初一些来北京就医的家乡患者找不到相应的医院,志明就派爱人、护士去接站、找医院,直到患者住进医院得到治疗,志明方才放心。后来不论是北京的,还是外省的患者来263军医院看病,志明也派人去接。北京通州区的的哥司机都点赞志明的医德高尚,有的的哥司机听说来的患者是找张志明医师看病的,特别是内蒙古鄂尔多斯市伊旗的患者,有时这些的车司机连打车钱也不要,免费接送。由于患者来自天南地北,疾病状况呈现的也千奇百怪,志明有时只能下班回家后把患者的CT片通过网络与北京积水潭医院、同仁堂医院、美国加利福尼亚、芝加哥的专家教授们进行会诊交流,直至得出准确的结论并打出会诊单,有时废寝忘食,有时通宵达旦。志明特别关注老少边穷的患者,考虑到广西、云南、贵州、甘肃、青海、内蒙古、宁夏、青海……的患者路途遥远、经济困难,能不住院的患者尽量不住院,让患者检查完留下片子、诊断单,随后他用快递把药品、片子、病例一同寄到患者的所在地。

这一周志明正在病休,当志明接到成仁老师邀他回杨树村小聚的电话后,便义无反顾地去北京南苑机场乘机飞回鄂尔多斯机场,然后在机场附近打车回到杨树村;就在同一天,治国也从新疆乘机飞到宁夏银川,然后乘小车回到杨树村。恰好高飞、世锋、在明、志强、海荣、风军、二军、翠琴、瑞芳、玲芳、香在、银宝等好多同学也相继回到杨树村。其实他的这些弟子每年冬储的猪肉都在市场上买,虽然亲朋好友的儿子、女儿……每年都聚在一起吃杀猪烩菜。厨艺再强的厨师也无法做出三十多年前老家杀猪烩菜的味道来,……可是今天成仁老师家的杀猪烩菜有了30年前的味道。吃过杀猪烩菜,成仁老师在自家设小席款待弟子们小坐,弟子们感到有一种回家的感觉。弟子们带来整整三件好酒,其实这些酒名义上是孝敬老师的,实际还是让弟子们喝了。生活中的成仁老师向来滴酒不沾,但是高老师心里高兴。

和许多温馨的中产阶级教师家庭一样,成仁老师的儿子、儿媳在矿区上班,有一个聪明活泼的孙子随父母在A镇读小学,家里只有老两口相互作伴。家里有卫生间、厨房、卧室、客厅一应俱全;最养眼的是客厅里摆放有序的花盆长出的姹紫嫣红、绿意盎然的盆景;还有十多只虎头虎脑、高冷粘人的猫,这些猫的毛色各异,有白猫、黑猫、灰猫、黄猫、黄白相间的花猫。要说成仁老师家的猫粘人,一点不假,当众弟子到成仁老师家坐定后,这些猫就卧在客人坐的沙发底下打着呼噜陪客,几乎是每人脚下一只,这些猫偶尔也轮岗换位;要说高老师家的猫高冷,让你意想不到。这些猫不怕陌生人,你搂着猫并正眼看猫,猫就斜视着看你;你用手去挠猫,猫会用爪子打你;你用手抚摸猫,猫不理你,傲慢地继续打他的呼噜。众弟子都笑了,又一大杯酒见底了,众弟子盛赞成仁老师是妙语连珠。成仁老师不喝酒,自然没有一丝醉意,一件"聊酒"被掏空了。喝酒的弟子们正襟危坐,倒是那些个空酒瓶七倒八歪,自家的一群猫"醉"得打起呼噜了。当成仁老师看到弟子们只有三分醉意,而自家的猫竟有七分醉意,成仁老师纳闷:"咦——奇怪,酒都喝到哪儿去了,你们不醉,我家的猫怎么醉了?"田翠琴快言到:"报告老师,是华喜用筷子给猫鼻子上点了酒,把猫给弄醉了。"众弟子笑了。

又是一个艳阳金秋,杨树村小学同学聚会宴席设在杨树镇鑫凯酒店,弟子们男男女女来了有三桌,开席后成仁老师以茶代酒提议到:"你们那么忙,还邀请我和燕文旭老师小聚我很高兴,也很感激。今天我们聚在一起不容易呀!时代变迁,社会进步,改革开放四十年,整整一代人成长的年轮,我们这一代人亲历了共和国艰难曲折的进程;你们这一代人即将见证'中国梦'和'一带一路'领航世界的实现。中国在世界上的影响力与日俱增,美丽乡村建设后中国农村发生了前所未有的变化。在我的记忆里你们的性格有强势的、有随和的、有火爆的、有温顺的、有计较的、有大度的、有伶俐的、有深沉的、有锋露的、有狡黠的、有憨厚的……人生百态、性格各异,但你们不忘故乡、不忘老师是真情,由于我的水平有限,当年没把你们教好,影响了你们的发展……"

"老师谦虚了,您辛苦了!你是我们永远的老师,我们敬您一杯。"有人提议就有人响应,世锋提议,众弟子们满饮了一大杯。

"师恩难忘,老师的风采不减当年,再来一段。"二军即兴说到。

成仁老师说:"喝酒是硬功夫,说话是轻活儿。青出于蓝胜于蓝,现在你们的见识比我强多了,我只不过胡诌罢了。"

弟子们又满饮了一大杯,拍手鼓掌,期待着成仁老师的下一个段子。成仁老师接着说:"胸口摸得着的尺寸叫胸口,胸口摸不着的尺寸叫胸怀;眼睛看得到的地方叫视线,眼睛看不到的地方叫视野;嘴里说出来的话叫内容,嘴里说不来的话叫内涵;手上比划出来的动作叫手势,手上比划不出来的动作叫手段;脑子里猜得出的东西叫智商,脑子里猜不出的东西叫智慧;耳朵听得到的动静叫声音,耳朵听不到的动静叫声誉;证件上印出来的叫文凭,证件上印不来的叫文化;温度计量得出来的叫温度,温度计量不出来的叫温暖;手笔写出来的叫文章,手笔写不出来的叫文学;镜子里看得到的是自己,镜子里看不到的是自我;金钱衡量得出的是价格,金钱衡量不出的是价值;存款显示出来的叫财产,存款显示不出来的叫财富;牵挂在嘴上的叫情话,牵挂在心里的叫情感;听完后传出去的叫分享,听完后不传出去的叫独享;独享不如分享,独乐不如众乐。"

"老师毕竟是老师,语言就是有高度和深度。咱们再走一个。"高飞提议众弟子们附和,又一大杯酒一饮而尽。在众弟子中,任凭别人怎么劝酒,华喜也滴酒不沾。从小调皮的华喜此时正在干一件百无聊赖的事,他用筷头粘酒给经过他身边的猫鼻子上滴一滴酒,不一会儿,大部分猫都睡到暖气片下打起了呼噜。俗话说:"猫喝烧酒够呛。"香在、桂芳等女生看了偷偷地笑了。

成仁老师呷了一口茶继续到:"蜘蛛坐享其成靠的就是那张关系网;龙虾大红之时便是大悲之时;天平谁给的多就偏向谁;气球只要被别人一吹便飘飘然了;钟表的指针可以回到起点却已不是昨天了;核桃没有华丽

的外表却能充实大脑;指南针的思想稳定,再好的东西也不被诱惑；花瓶外表再漂亮也掩饰不了内心的空虚;明天和意外你永远不知道哪一个先来;真正的铁饭碗不是在一个地方吃饭,而是到了哪个地方也有饭吃;小时候幸福是很简单的事,长大后简单就是幸福的事;面对生活要有最好的准备、最坏的打算;挥不去的是记忆,留不住的是年华;拎不起的是失落,忘不了的是情感;输不起的是尊严,放不下的是思念;财产是后人的,健康是自己的;想挣钱的人不少,能挣到钱的人不多;有本事的人挣钱都难,一般人挣钱就更难;钱像水,没了会渴死,多了会淹死;人活一生,亲情、友情、爱情三者缺一已为遗憾,三者缺二实在可怜,三者全无生不如死;顺应自然、笑对人生……中国儒商文化内涵丰富,古今文学名著充满智慧;你们现在胸怀宽阔了,视野也独特了。声誉、财富不是衡量自我成功的唯一标尺,人文关怀和感恩之情才是立身之本;我相信:知识改变命运,如果当年你们都不念书,蜗居在杨树村,现在你们不是一个放牛的,就是一个种地的……哦,不!也许可能成为一个土豪了吧!"

成仁老师不胜酒力,于是他提议喝酒不开车,把弟子们的小车钥匙收归到抽屉里锁上,强令弟子们今晚在他的家里住下,明天一早再走,众弟子只得服从。一如当年成仁老师在学校教书时的严令,在弟子们儿时的心中那是"圣旨"。

有人提议回杨树村的田野走走,众同学积极响应。此时的杨树村飘起了纷纷扬扬的雪花,庄严肃穆的红色敖包湮没在漫天飞雪中。在杨树村的小河边,高飞和世锋回忆起他们一起夏天游泳、冬天滑冰的场景;在杨树村的老磨房,世清和世平回想起他们一起捉迷藏、掏鸟蛋的情景;在杨树村的杏树林,有明和飞雄谈及他们当年在杨树村的那三棵老杏树下捉迷藏,当杏子刚上青果时桂林和锁子就去摘着吃,还在树底下玩跳方格游戏;在杨树村的柳林,二军和银宝回想在雪地里追兔子、下网捕野鸡的情境;在杨树村的田野里,翠琴、香在忆及割猪草、摘野花、玩羊拐的情景。红梅、绿梅、小梅、小兰、瑞芳、玲芳、香萍、惠叶、俊莲、俊霞……一行人逶迤来到了银宝的养驴基地,围封的栅栏里70多头活蹦乱跳的毛驴有的在追逐撕咬,有的在漫不经心地吃草。一头高大的种公驴在肆无忌惮地"吱哇——吱哇——子哇"吼叫,宛如吹鼓手在吹唢呐。

二军戏骂银宝:"毛驴老板,你的公驴个头大,赶上东洋马了。"

银宝说:"你小子屁也不懂,驴个小,产肉自然就少;驴个大,产肉自然就多。天上的龙肉,地下的驴肉,驴肉是餐桌上的美味佳肴,一公斤驴肉80多元,肥是斤两,大是人民币。驴皮做的阿胶补血益气、名满天下;驴肾、驴蛋是大补首选,一副2000多元,客户争着抢着要,驴全身是宝。"

二军驻足问:"你引进的这些种公驴多少钱?"

银宝说:"不贵,公驴一头六万,母驴一头三千。"

众同学瞠目结舌:"哇——还说不贵?都说牛贵,这头公驴的价钱是六头牛的价钱呀!"

银宝平静地说:"我初建肉驴养殖基地,光建办公室、厨房、实验室、挖鱼塘、打机井、储草棚、驴圈棚;购置铡草机、喂驴槽;围封草牧场、储备饲草料,总投资已达100多万元,要想扩大规模、形成产业链,还需100万元。虽然肉驴养殖前景很辉煌,但创业过程却恓惶呀!"

太阳依旧要下山了,夕阳一片通红,天空纤云密布,大片的雪花飘飘悠悠地落满了杨树村的田野、山川、树林,野兔在林子里的雪地上刨树根充饥;麻雀聚集在树枝上叽叽喳喳的议论如何觅食;野鸡惊恐地从田野里飞回柳林藏身;大寒过去即将立春,冬日的暖阳让人如此惬意,高飞、世锋、张坤、治国、海荣、风军、二军、银宝、瑞芳、玲芳、丽萍、香萍、翠梅、志兰等一行游走在杨树村的小河边、老磨房、杏树林、杨树林。雪花倏忽钻进他们的领口、袖口,但是他们浑然不觉,只管漫步向前……

十、杨树村的贫困户

杨树村有6户贫困户,特困户呼发财是弱智,多少年来是杨树村的首席贫困户,每年的扶贫救济自然有份儿;大病户端三刚病故,她的爱人小凤理直气壮地向村镇旗各级政府要救济;赖皮户三赖长年累月上访,奔走在乡村与旗、市、省的行程中。只有养驴户银宝、养鸡户米良、养羊户战荣踏踏实实搞养殖。今天,杨树镇扶贫办给贫困户发放电饭锅了,二军支书驱车把电饭锅送回杨树村,刚进端三家门,端三的爱人小凤一把鼻涕、一把眼泪诉起了苦:

"张支书,端三就这么走了,我现在可怎么活呀?"

"老姊妹,你冷静想一想,天无绝人之路,你应该坚强一些,试一试种养殖业方面,比如养猪、种菜什么的。生死路上无老少,该怎么活就怎么活,"二军开导到。

"好年过在眼前,关键是没钱。"小凤哭诉到。

"端三去世后,我给你家帮扶了2000元,园林局王局长帮扶了3000元,过年应该不成问题吧?"二军说。

"哪够啊!"小凤边抽泣边说。

"扶贫济困,救急不救援。你困难,我们过得也不容易。钱是用汗水一元一元挣的,不是画的,我们拉家带口也过得不轻松。"二军平静地说。

"那政府也不能不管我们这些个特困户吧?"小凤哭诉到。

"你穷得有理了?你们家族三代人吃扶贫救济,真是越扶越穷了,我们帮扶你们,国家帮扶你们,你们自己也要自强自立,不能一味地等靠要国家扶贫款过日子。像你这样,以后政府还怎么扶?"二军反问道。小凤此时哭得更凶了。

二军随即夺门而出,离开端三家,拉开小车门刚坐回了驾驶室,接到特困户呼发财的电话:

"张支书,你把电饭锅给我送过来吧。"

"电饭锅放在端三家里了,你有时间自己去拿吧。"二军回应到。

"你们这些村干部就是不负责任。给个怂锅锅还让我自己去人家拿。"呼发财埋怨到。二军只是叹气摇头。

二军离开端三家驱车返回杨树镇,走进镇民政办,办公室的电视里正在播放新闻:"2月11日上午,习近平总书记驱车两个小时,从西昌市来到大凉山深处的昭觉县三岔河乡三河村、解放乡火普村,走进彝族困难群众家中,看实情、问冷暖、听心声,同当地干部群众共商精准脱贫之策。在彝族贫困户的火塘边,习近平说:'人民的美好生活'一个民族、一个家庭、一个人都不能少……"二军看到来镇民政办要扶贫救济的人很多,贫困情况五花八门:有大病户、有上学困难户、有弱智户、有种养殖户。

镇民政办主任呼丽和贫困户三赖正在对话:

"大爷,上一周王镇长已经给你救济了3500元,你怎么又来了?"

"那点钱早就看病花完了,这不?我的手机又欠费了,麻烦女女给我缴上100元话费吧。"

"大爷,我看你这么大年纪,还会用手机吗?"

"废话,飞机也会开了,敢是穷得买不起么。"

"大爷,你有儿有女,怎么不回自己家住?"

"儿是儿马的儿,女是人家的女,我不认他们,我就认共产党。"

"前些天,我们送你去养老院,你怎么又跑出来了?"

"养老院净灰人,颠三倒四,我住不习惯。"

"大爷,你都80多岁揽,整天去旗里、市里上访,就不能住在养老院安生一点吗?"

"安生?我安生就没命了,我耳聋气短,有今天没明天,没钱看病,谁也不管我。"

"大爷,我觉得你有房子有存款,有儿有女,比起那些个大病户、特困户你一点也不可怜。"

"可怜不可怜那是你的事,民政干部总不能不管病人、穷人吧。"

"今年扶贫救济款已经分配完了,只能是下一年的事了。"

"瓶嘴子能塞,人嘴子不能塞,我现在既要吃饭,又要看病,是人等嘴不等揽。"

"大爷,实在是没办法呀!"

"干部女女,实在没办法我只能跟着你过年了。"

"大爷,好啊,我爷爷去世得早,我就把你当成我爷爷啦,你就跟着我过年吧。"

三赖沉静了一会儿,挠了挠他那"不毛之地"的秃头。

"不成!不成!干部女女,不麻烦你啦,年还是我自己过吧。贫困户不是请客,尿壶子不是摆设。你好歹给我打发上 1000 元让我过个年。"

"1000 元确实没有,现在我就是给你,10 元也只能是我自己掏……"

三赖坐在椅子上昏昏欲睡、气喘吁吁,一会儿闭着眼,一会儿睁着眼,一个轻微的咳嗽也显得困难。三赖显然对呼丽主任的回答极为不满,于是他坐在沙发上不走了。呼丽在热水器上接了一杯热水放在三赖的茶几上,礼让三赖:"大爷喝水。"三赖不悦地道:"白开水寡淡无味。"此时办公室里静悄悄的,水杯里的热水冒出一缕袅袅上升的热气,西斜的阳光透过玻璃窗照在三赖铮明瓦亮的光头上。

这几年的美丽乡村建设,杨树村的变化确实不小。杨树村最大的变化是村集体经济有了起色。腊月二十八,"杨树村村委会向所在户籍的245户村民每户发放一袋面粉和75元打扫卫生费。"二军用手机微信把这个信息向全村发布了,一时间来拉面的小车都向村委会汇聚。美丽乡村建设后,杨树村人的衣着新了,住房新了,出行有小轿车了;自来水进户了,动力电足了,道路平整了,如今的杨树村已迈开了振兴乡村的步伐。

年初,杨树村在旗园林局的帮扶下,建立了自己的园林绿化劳务公司。二军支书组织900多人次劳力,先后在博业大棚、A镇赛马场、王府路、鄂尔多斯国际机场、红海家园,移花卉、栽树苗共创收70多万元,除去劳务工个人所得劳务费65万多元,还为村里创收7万多元。壮大了村集体经济,村民首次分得集体红利,杨树村村民结束了吃救济粮的历史。这一天是一个值得纪念的日子,附近村的文艺队前来助兴演出,二军支书和村民们一边看演出、一边给村民们分发白面。镇上的领导、驻村干部也来祝贺,这一天的杨树村村委会所在地人来人往、车水马龙、熙熙攘攘。

在演出的间隙,杨树镇党委书记杨借在演出舞台上做了讲话:

"大叔大妈,兄弟姐妹,大家好!我在这里向你们问好了!

习近平总书记说,我们时刻都要想着那些在生活中还有难处的群众。在振兴乡村的国家战略中,美丽乡村建设后,精准扶贫、精准脱贫成了三农工作的重点。扶志气、扶智慧、扶产业、促增收。注重产业扶贫,现在旗有支柱产业、镇有生产基地、村有特色产业、户有增收项目。我们将一手抓物质扶贫,一手抓精神扶贫;我们将从产业、生态、金融入手,以畜产品直补、医疗救助、教育资助、养老救助、异地搬迁、就业培训一系列兜底扶贫措施,坚决打赢脱贫攻坚战,让贫困人口和贫困地区同全国一道进入全面小康社会。"

村民们响起爆豆般的掌声。

"新时代,新征程,新气象,我们将更加紧密地团结在以习近平总书记为首的党中央周围,建设我们的美丽乡村,振兴我们的幸福家园。我们杨树村的扶贫脱贫工作要和壮大村集体经济齐头并进,今年杨树村建立了自己的园林绿化劳务公司,创收7万多元,壮大了村集体经济,杨树村首次为村民们分红利,值得庆贺。明年杨树村将要建立一个堆肥长,村集体经济会更加壮大,村民分得的红利会更多,扶贫脱贫会更上一个台阶。我代表镇党委、镇政府、驻村干部、村三委向杨树村的父老乡亲提前拜个早年。祝杨树村山美水美人更美,祝杨树村家旺业旺生活旺。"

村民们又一次响起海啸般的掌声来。

冬去春来,万象更新。立春后年关将近,转眼又到了雨水节气,春天的暖流随风而至。旗扶贫办副主任曲小兵来到杨树村查看扶贫工作,年初杨树村养鸡户米良贷了一笔扶贫款用于发展养鸡业,曲主任很想了解一年来米良的养鸡业的发展情况。米良在杨树村养鸡也有五个年头了,由最初小规模养鸡户发展成了规模养殖户,注册了朝泰养殖公司。米良建了住房、鸡舍、饲料间、疫病防治间,占地近300多平方米。米良和爱人喂鸡、护鸡、查看疫情,忙得一塌糊涂,春夏秋三季养鸡最多达6万多只,大部分鸡在入冬前已在早市上售完,冬天只留1000多只种鸡,米良养鸡的年收入不下10万元。曲小兵主任了解了米良的养鸡情况说:"你的养鸡业搞得风生水起,你脱贫了这是好事情,但你没有更好地带动周边贫困户发展养鸡。如今你富了,乡亲们还穷,你有责任帮扶他们呀。"米良表示下一年一定要带动几家贫困养鸡户。

离开了米良的朝泰养鸡公司,二军陪同曲主任驱车来到银宝的肉驴养殖基地。银宝的养驴基地建在平坦的、长满寸草的盐碱滩上,住房、驴棚、储草棚错落有致,基地周围红柳丛生、竹棘遍地,芫蒿、马莲等枯草密密匝匝。曲主任的小车刚进基地的围栏里,一群体态健硕,毛色黝黑、白嘴白肚皮的德州肉驴围了上来。曲主任下车用手婆娑着驴的脑袋,这些个驴一点也不怕陌生人,而是围着曲主任的小车,睁着大眼睛在打转转,好像在和来客打招呼。有一头驴在小车的后视镜里发现了"另一头驴",竟然用嘴啃起小车的后视镜。银宝连忙出迎赶开驴群,随即吩咐饲养员马上喂驴。饲养员一边吹响哨子,一边启动了电机的滚筛,饲养员打开成捆的饲草过筛后,用筐子把草倒进驴槽,一群驴鱼贯进入棚圈。摇头摆尾地吃起了草,此时基地里一片宁静。曲主任察看了养殖基地的储草棚下:芦苇草、多头玉米草、谷草、糜草成捆成垛;驴棚坐北向南,一字排开,既通风,又采光。曲主任向银宝投以赞许的目光,银宝要曲主任到家里坐坐,曲主任坚持要到草地上走走,二人边走边聊,逶迤来到草地的机井边。

"你的养驴基地有多少亩草场?"

"只有500亩,最近还准备租邻居家的500亩。"

"这口机井是用来……"曲主任问。

"用来饮驴和养鱼的。"银宝答到。

"你强呀,又养驴又养鱼"

"养驴是主业,养鱼是副业。"

"东边的机井又是用来……"

"用来种优质牧草紫花苜蓿和多头玉米的。"

"你现在的驴发展到多少头了?"

"百十来头,规模不大。"

"你准备发展到多少头?"

"最少也得二百多头吧。"

"这么多?光买驴的资金也需要不少吧?"

"我现在养的德州肉驴,一头公驴六万,其他种驴均价五千,概算也得五六十万吧,再加上基地建设的费用五六十万,不下一百万。"

"这么多资金,你是怎么筹来的?"

"自己有一部分,其余都是和亲朋好友借来的。"

"你投入这么大,养驴的前景真有那么好吗?"

"驴浑身是宝,一头出肉在150公斤的肉驴,一公斤驴肉按最低价60元,一头驴能卖到9000多元。一副驴肾、驴蛋能卖到1000多元。驴皮能做阿胶,驴皮自然贵得很。前些天,我出售了三头驴,净赚了10000多元。"

"哦,是这样?不错不错!你是怎么想起养驴的。"

"穷则思变嘛,都是穷给逼出来的。母亲去世得早,父亲最爱牧马养牛,我也从小喜欢马牛驴羊,但父亲的养殖业最终也没有改变家庭贫困的窘境。初中毕业,我一路乞讨去乌海打工,挣了一些小钱,大部分时间在煤矿上班,积累了一些煤矿方面的经验和技术。后来在甘肃、新疆、乌海开山挖明煤,钱挣了不少,但金融风暴袭来,尾大难掉,最终还是亏大了,成了名副其实的贫困户了。当时死的心都有,情急之下,看到乌海的一家养驴户能赚钱,于是我就振作精神,模仿乌海那家养殖户养起驴来了。"

"这几年,镇上对你的养殖业支持了多少?"

"到目前为止支持为零,因为贫困户太多,暂时还轮不上帮扶我。我给旗农牧局递了几份申请书,但迟迟不见资金支持。"

"你有基地、有产业,我们扶贫办可以支持你一定的扶贫资金。"

"一两万解决不了我的问题,你还是去扶那些刚起步的贫困养殖户吧!"

"那你需要多少?"

"至少十万。"

"呵呵,十万?这么多?我只能帮你贷项目贷款了。"

"唉——贷款的事以后再说吧。"

"养驴有什么诀窍?你能不能带动周边的贫困村民一起养驴脱贫呀?"

"能啊,比起其他牲口,驴子免疫力强,发病少,家家户户都能养。但驴子就怕吃草时带入尘土,驴吃进尘土就完蛋了;怀驹母驴每天要多运动,不能一味圈在圈里,否则驴驹就不能顺产。"

"嗨,知道得还不少呢?"

"刚开始养驴,不注意草里的尘土,吃坏了一头驴,心疼的我好几天吃不下、睡不着;母驴下第一头小驴难产,请来兽医一看,兽医说,圈养驴缺少运动,肚子里的驴驹子没调转所以难产。"

"驴子怎么运动呢?"

"这个好办,把驴放出来,骑着摩托车在草地上驱赶驴群就是了。"

"你的办法就是多,你的养驴业必定兴旺发达,我个人给你投资行不行?"

"不,不,还是让我自生自灭,我不能连累你,我不能让你冒这个风险。"

二军陪同银宝、曲主任在基地的草场上边散步边聊天,曲主任既不吸烟,也不喝水。二人绕草场一圈之后,曲主任握别银宝和二军驱车向战荣、增荣的羊场进发……

春节过后,年味依旧很浓,走亲访友,团拜聚餐,小到家庭、大到家族;家是最小的国,国是最大的家。家国天下事,尽在祝福中。在手机微信的互致问候声中产生了团拜这种最新的拜年方式,一改往年你到我家吃,我到你家吃;你给他家老人小孩钱,他给你家老人小孩钱的交换方式。团拜方式方便快捷、省事省时,一切都化繁为简,一切都皆大欢喜。银宝的家宴设在杨树村银宝的养驴基地上。昨天,银宝招待了家族长辈、挚亲晚辈、兄弟姐妹;今天,银宝要招待同学同事、亲朋好友。

接近中午时分,同学们陆续到齐。银宝的同学群年龄参差不齐,最大的60岁,最小的50岁,平均年龄53岁,有小学同学、有初中同学。形成了以银宝为中的上三届、下三届混合同学群。其实这些同学大都是从杨树村甚至杨树镇上走出来的发小和同乡。改革开放40年,同学们各自的发展已经远远超越了40年前的"小屁孩"年代,20多个同学中从事的职业有朝九晚五的上班族刘海云、张富贵、胡有财、解彩凤、郭玉梅、王丽萍;有东奔西颠的打工族崔玉林;有腰缠万贯的大款户高志国、李志强;有负债累累的破产户何斌、童梦发;有个体工商户朱瑞芳、马智荣、张云亮;有种植户崔永清;有养殖户蒋少奇……他们从自己所在的都市、矿区、单位等四面八方,驱车赶到杨树村银宝的养驴基地小聚。

十凉十热的菜肴摆上了,烟酒茶水就绪了,银宝提议开席了:"菜是自己种的,蛋是自己下的;糜米是自己产的,肉是本地养的……这里没有山珍海味,只有绿色土特产,欢迎老同们光临品尝。"

"银宝就是能人,不光会养驴,还会下蛋呢!"不知谁冒了一句,众同学哄笑起来。众同学一边推杯换盏、开吃开喝,一边天南地北地叙旧聊新,宴会进入熙熙攘攘的高潮。银宝发现有几个同学既不吃,也不喝;既不说,也不笑。银宝一一劝过,并邀请他们各自谈谈创业的酸甜苦辣。原来这几位老同就是当下处境难堪的债权人或债务人,啰嗦地说:债权人就是别人欠了自己钱的人,债务人就是欠别人钱的人。以下就简称为男子汉或女汉子ABCDEF诸君吧。

A君(男子汉)说:"房地产刚兴起时,我和一帮生死弟兄以股份制的形式,以三分的利息从民间融资了八千万,从政府挂牌的土地中买了一块旧城拆迁地段,盖起了若干栋十几层商住楼。刚开始要售楼,结果政府紧接着大规模兴建公务员限价房,导致本地商品房行市在一夜之间崩盘。我们的商品房一套也没卖出去,亏得血本无归,八千万融资三年之间利滚利成了两个多亿的债务,我和我的弟兄由开发商都变成了债务人,现在要账的比拜年的也多。起先我们是因非法融资蹲禁闭,后来还不上人家的钱,成了'老赖户'。为了躲债蹲禁闭……这不?刚回来,说不定哪天还得进去。"

B君(男子汉)说:"煤炭飞盘的时候,W市地段挖明煤的暴利诱惑了我,起先我和一帮朋友在矿区开了两个明煤口子挣了钱。我膨胀地认为挣下了三辈子也花不完的钱。后来胆子大了,我在社会上以五分或一角的利息融资几千万,去甘肃、新疆开矿、挖明煤。结果矿也建了、山皮也剥了,煤炭市场价格下行,前期的投资都泡汤了,现在欠下三辈也还不清的债务……唉——怨谁呢?天灾人祸呀!"

C君(女汉子)说:"我原来在E市郊区有房有地,种养结合,不能说小康生活,也可以说安居乐业。后来我们村整体被政府统一征地,建起一些企业,政府在市区给我们每户至少分了两套安置房,又给了一定数目的搬迁费、土地补偿费,几乎是一夜之间我们村家家都成了'暴发户'。我家得到补偿款五百多万元,花了一百几十万元,给家庭成员配了四台小车,我、爱人、儿子、女儿一人一台。然后,我们把剩下的三百多万以三分的利息放进典当行,一年下来,连本带利达四百万,利润非常可观。第二年,我又向亲戚邻居以二分五的利息借了四百万,连同以前的四百万一起放进了典当行。没想到金融风暴来临,典当行的老板跳楼的跳楼、蹲监狱的蹲监狱,典当行没了,我的八百万也就这么没了。自己的钱没了不要紧,借亲戚邻居家的钱怎么办?这几年,我整天跟开典当行的人要钱,一分也没讨回,倒贴了许多起诉费。现在,我把四台车、两套房都顶了账还没还清债务。我家现在租房住,我的那帮要命的亲戚债主整天逼债,唉——活的麻烦死揽,听说开典当行拉下几个亿的苏叶女蹲监狱也不赖,饭管饱、每天还能喝到一袋牛奶、吃到一颗苹果……还不起债务,我也只能走这条路揽。"

E君(女汉子)说:"我和我的那口子都是上班族,我内退了以后,他继续上班。他是一个官迷,从镇领导、旗领导、市领导,一直当到自治区领导,为了当官跑门路,贷下了一屁股贷款。去年因涉嫌贪污怕上面查处,这个菜鸟吓得服毒自杀了。他有一部分贷款是我和他共同签的字,银行经过法律程序,把我的工资卡也冻结了……你说气人不气人?这叫我怎么活呀?"

F君(男子汉):前几年,我先后下井、捞盐、做水暖工程、包绿化工程……挣了百十来万血汗钱。我觉得自己富起来了,先是给同学的典当行放了五十米万,金融风暴来了,典当行塌了,五十来万被"割草"了。我心灰意冷,把剩下的五十来万用于耍麻将赌博来寻求刺激,从一元小赌开始,到五元、十元、五十元的大赌,再到一百元的豪赌。最后钱输完了,城里房子输了,小车也输了,老婆离婚走了,儿子大学还没毕业就去打工谋生了……唉——想起来真后悔,如果当初像银宝、老同在乡下搞一搞养殖业多舒坦。

席间忽然有同学提议:"谁再谈钱的事情罚酒三杯。"顿时酒宴得到片刻宁静,众同学默认了。二军给众同学倒了一圈茶水不在话下。

也有同学提议:"从现在开始每人提议一圈,或说或唱,能喝酒的就喝酒,不能喝酒的就以茶代酒,反正不能再谈钱,谈钱使人太伤感。"

"树上的鸟儿成双对,绿水青山带笑颜。从今再不受那奴役苦,夫妻双双把家还。寒窑虽破能避风雨,夫妻恩爱苦也甜。你织布来我耕田,你挑水来我浇园,你我好比鸳鸯鸟,比翼双飞在人间。"毕竟吃谁喝谁不忘谁,有一位同学给银宝夫妇唱了一首《天仙配》,在座的男生女生都和着唱,不会唱的拍着手伴着节律。银宝夫妇平日里滴酒不沾,今天破例都喝了一杯,两个女儿和一个儿子站在圈儿外拍手叫好,银宝顺势向众同学介绍到:"大女儿在Y旗高中任教,代计算机课;二儿女在一家企业做财务;儿子在一家旅游公司当导游。"众同学向银宝投来羡慕的目光。

"滚滚长江东逝水,浪花淘尽英雄,是非成败转头空,青山依旧在,几度夕阳红。白发鱼樵江渚上,惯看秋月春风,一壶浊酒喜相逢,古今多少事,都付笑谈中。"男子汉A君唱了一首《滚滚长江东逝水》,众同学争着喝酒,有的量大爱喝酒的同学连续喝了三杯。白酒是个神奇美妙的东西，当交流的语言或歌声直达你的心灵，你可能千杯不醉。

女汉子 C 君唱了一首《从头再来》，众同学只鼓掌，却没人喝酒，有的同学低下头不语、有的同学抽起了烟，此时气氛有点冷场。银宝在一个劲地劝吃、劝喝。

快嘴 W 君说："都奔六十的人了，还从头再来？"

女汉子 C 君说："再过三十年，爷依然是一条汉子。"

快嘴 W 君说："再过三十年咱们都八九十岁了，有的躺在床上了，有的挂在墙上了，还能来吗？"

女汉子 E 君说："自信人生三百年，瞧你那点自信。"

男子汉 B 君说："果真活上三百岁，子孙后代都讨厌。那不成了一群老妖怪了吗？"

银宝以茶代酒提议："我们年近半百，这个年纪是聚一回少一回了，还是为百岁目标干杯吧！趁我们都还活着，战友、同学、朋友、同事能相聚的就不要错过，能爱的就认真地爱，能拥抱的就拥入怀，能牵手的就不要放开，能玩的时候就玩，能吃的时候就吃。太精明的人遭人厌，太挑剔的人遭人嫌，太骄傲的人遭人弃，太懒惰的人遭人议。其实人生做好两件事就行：一是教育，教育好孩子，不要危害社会；二是健康，照顾好自己，不要拖累子女。"众同学或茶或酒一饮而尽。

聚会的宴席接近尾声，众同学酒喝得少了，茶喝得多了,就连吸烟的人也少了。同学之间谈爱情、友情、亲情,多了理性;同学之间谈婚姻、家庭、事业,多了责任;同学之间谈政治、经济、军事多了关注;同学之间谈教育、医疗、住房,多了诉求。他们仿佛要把三十多年的话题全部倾诉,有的同学谈到在城里如何创新,也有的同学谈到在农村如何创业,自然也谈到中国梦、一带一路、精准扶贫脱贫、人类命运共同体等正能量话题……

时值惊蛰节气,已而太阳渐渐西斜,和煦的春阳暖意融融。红柳摇曳着长长的衣袖、竹棘也泛出一丝梦醒的绿意,杨树村的杨树依然挺拔,喜鹊又在杨树杈上开始坐窝了,野鸡慢条斯理地在沙柳林散步。二军凭窗远眺,杨树村飘着一丝丝、一缕缕的杨柳飞絮;草地上露出了黄绿眉眼的春草;柳林里飞起了噗噜噜作响的野鸡……

十一、丰收节同学大聚会

二军今天去 A 镇赛唯特参加老同学高菲女儿的婚宴,刚一上桌就被众同学盛情"接待"。按照当地的习俗,迟到的人要罚酒三杯,二军因村上有事迟到了,自然领受了三杯罚酒。为了生活、工作,同学们平时各忙各的难得见面,只有在同学的婚宴上才能聚一聚。席间众同学提议杨树镇的 80 届、81 届、82 届初中同学聚一聚,参加婚宴的同学一致同意并建立了同学聚会微信群,众同学让瑞芳、丽萍、九维、银宝四位同学组织这次同学聚会。

一周后,二军接到同学聚会的微信通知:定于 2018 年 9 月 7 日聚会,具体流程:9 月 7 日晚上 5 点在 Y 旗赛唯特酒店报到,7 点 30 分宴会开始,10 点 30 分结束;9 月 8 日 8 点统一乘车去杨树镇母校,中午在成陵进餐,下午在蒙古源流游玩,晚上 5 点到 Y 旗木屋酒店举行酒会,晚上举行篝火晚会;9 月 9 日上午到康巴什游览观光,中午康巴什吃饭,下午结束聚会。想聚会的老同们与组委袁九维、杨银宝、朱瑞芳、牛丽萍联系。

又一周过去了,二军接到同学聚会组委会发来的聚会同学名单:朱瑞芳、牛丽萍、杨银宝、袁九维、王英则、乔智雄、张秀峰、奥凤军、高兰飞、高飞娥、安丽琴、刘志平、杨候兰、刘二雄、马祥明、温俊峰、王志强、杨宝银、苏贵宝、杜美荣、刘兰兰、杨子兰、王光田、刘润华、袁候俊、王勇、赵光平、王飞俊、訾玉花、张生亮、李香娃、王大飞、刘彩霞、张寿福、兰云雷、王文华、王云生、杜玉生、苏玲芳、高毛眼、李在琴、刘忠林、刘海荣、王有祥、张兰琴、王翠梅、贺生云、刘拴歧、高子荣、王秀琴、白海涛、王香娥、王虎维、杨海生、宋玉霞、苏丽萍、蒋少奇、蒋少兵、王香莲、李凤光、张满喜、刘琴英、郭勇、郝兰琴、武耀莲、苏玲芳、杨子清、王秀琴、王秀峰、杨候琴、王林娥、王玉忠、张二军。

其中,奥凤军、刘润华、王云生、杨海生、李凤光五位同学各为这次同学聚会赞助了5000元,高志国同学赞助了30000元。

时过境迁,物是人非。改革开放四十周年了,离别母校三十八年了。一段岁月,一种情怀,一次阔别,38载的相聚。忆当年同学少年,风华正茂。为梦而来,为缘而来,虽然金色华年远逝,但同学真情依旧。二军一方面暗赞捐资同学的义举,一方面点赞这次聚会的几位组织者,毕竟这么多人遍布四面八方、各行各业,联络起来不是一件简单的事。

这次的同学聚会是在 Y 旗塞唯特举行的,38 年的离愁别绪聚焦在难忘的瞬间。物以类聚,人以群分。同学聚会的座位是自然组合:从事工程承包的同学坐一桌;从事矿山机械的同学坐一桌;从事教育行政的同学坐一桌;从事种植养殖的同学坐一桌;从事个体商业的同学坐一桌;从事快递打工的同学坐一桌;有退休哄孙子、看外甥的同学坐一桌。可惜 80 届的两位班主任高文礼、王文明已离世,到场的只有王毛才、张凤林、奇雷、王晓萍四位老师。同学们见到母校的老师格外亲切,见到当年的同学热泪盈眶。聚会安排了穿越时光与同学见面的走秀通道、简短的自我介绍环节。老同学杨银宝的自我介绍很特别:"我的爷爷姓杨,我的父亲姓杨,我也姓杨。我父亲虽然识字不多,但很会节约文字资源,我叫杨银宝,我弟弟叫杨宝银。上学的时候家里穷,家里有了一点儿钱我们就去上学,家里没钱时我们就回去放毛驴。有时我和弟弟轮流上学,今天我上,明天弟弟上,兄弟俩勉强读完初中,自然就学成了学渣,现在只得以养驴为业。欢迎同学们来我的养驴基地骑毛驴休闲娱乐,尤其是女同学,毛驴驴又乖又好骑。"参加聚会的同学都笑得掉泪了,同学们一个劲地鼓掌。

时光老人驾驶着时间马车飞快地驶过了三十八个年轮。三十八年后的今天,同学们已是五十多岁了,事业成功与否不再重要了。同学们想起了他们当年的老师们,是那样耐心的面对着天真活泼的孩子们,教给他们知识和做人的道理。同学们心中一直有一个愿望,那就是回母校看看。今天,同学们终于如愿以偿,来到了学校的大门前,同学们的心中激动万分。抬起头的那一瞬间,同学们惊呆了:校园真是太美了!教学楼、办公楼、住宿楼、体育馆、餐厅、塑胶操场……学校竟发生了这么大的变化!同学们走近学校大门,"您好,请问有什么需要帮助的吗?"电脑语音提示。有同学说:"三十八年前我们曾在这里就读过,今天回母校看看。"大门徐徐自动打开,电脑快速扫描了一下,说:"好的,欢迎你们归来。"同学们跟着校长走进校园,校长带领同学们参观母校。同学们先来到了操场。操场上绿树成荫、花草飘香,同学们自动排列着整齐的方队,列队行进在操场的跑道上,那熟悉的"运动员进行曲"在我们耳边响起。当年的体育班长发出了口令:"一二三四"。其他同学跟着喊:"一二三四"。塑胶跑道、足球场、篮球场使整个校园显得朝气蓬勃;体育馆内几个羽毛球和乒乓球正在空中飞舞,给校园增添了几分欢乐;小鸟在枝头欢快的唱着歌,阳光下的校园更加生机勃勃。校长给同学们讲:"别看这些跑道上的草地和平常的草地没什么区别,作用可是非常大的——人在上面摔倒,是不会摔伤的。"足球场和篮球场还配有自动计分系统。同学们又来到了一间教室。这间教室给我的整体印象就是：整洁、有序、现代化、有极强的学习氛围。教室地面干干净净，桌凳摆放得井井有条，墙面四周都张贴着名言警句，图书角里的书数不胜数。校长又介绍道："将来新型课桌最大的用处是如果学生读书或写字的姿势不正确，胸前和课桌没有一拳头距离，眼睛离书本不到一尺，红灯就会亮起，纠正你的写字姿势。课桌的左边有一个红色按钮，右边有一个蓝色按钮。在炎热的夏天感觉热的时候，按一下蓝色的按钮，只要在桌子旁边，就会有一阵风吹过，你会感觉无比凉爽；在寒冷的冬天，写作业时手会冻得通红，我们就按一下红色的按钮，吹过来的会是暖风，就会感觉到很温暖。"

同学们和恩师齐聚到操场看台合影留念。当年的老师都已年逾花甲、鹤发童颜。大家见到老师后都难以掩饰心中的喜悦，有的学生激动地扑了上去，与老师拥抱。老师连忙说："咳咳，轻点……"学生赶紧松开了手。老师认出来学生后，露出了会心的微笑。师生有说不完的话，有的学生挽着老师的胳膊一起去参观学校其他地方。同学们一起在阳光下漫步，有说有笑，眼中都流露出欢乐和纯真……

告别了母校，载着同学聚会的两辆大巴向巴音昌霍格草原行进。推开车窗户，草原的清风迎面扑来，草原的画面如诗般浪漫,如画般美丽。小鸟和微风轻轻地把草原从梦中唤醒,透过晨曦,太阳从地平线上升起把瓦蓝的天空刷成了金黄色。有人情不自禁地唱起草原歌曲:"美丽的草原我的家,水清草美我爱他。草原就像绿色的海,毡包就像白莲花……"环绕"一代天骄"成吉思汗陵园的巴音昌霍格河,滋润着两岸美丽的草原。位于成吉思汗陵园东侧,以树林环抱的这块水草丰美的草滩,即巴音昌霍格草原。巴音昌霍格草原占地约三十平方公里,是基本没有遭到人为破坏的原始寸草滩。这里过去是成吉思汗陵寝的禁地,常年流淌着传说中的因成吉思汗灵车陷住而喷出的陶高布拉克圣泉。巴音昌霍格草滩,曾经是成吉思汗八白宫聚集的祭祀营地。在十八世纪三十年代,清乾隆年间,成吉思汗八白宫又一次分布在鄂尔多斯各地之后,每年三月十八日,八白宫从鄂尔多斯各地聚集在巴音昌霍格草滩祭祀营地,参加三月二十一日举行的成吉思汗春季查干苏鲁克盛大的祭典。祭祀活动结束后,三月二十四日又请回原地。在查干苏鲁克大祭期间,蒙古地区的朝拜者从四面八方涌向伊金霍洛,好多商人也带上蒙古人喜欢的金银珠宝、绸缎布匹、砖茶及日用品,纷纷赶来参加查干苏鲁克大集会。每逢查干苏鲁克大祭期间,约有三四万人聚集在这里。巴音昌霍格草原蒙古包、毡帐林立,人欢马叫,平时宁静的草原呈现出一派沸腾的壮观景象。

同学们在巴音昌霍格草原蒙古包里体验着牧民给游客献哈达、演唱祝酒歌的活动,欢乐无限。

献哈达,有一定的讲究。献哈达要根据接受者的身份与自己的亲疏程度,来选择哈达的颜色、长度和质地。献哈达时,要把哈达对折起来,将折缝朝向对方,否则就视为失礼。向尊者或长者献哈达时要毕恭毕敬,弯腰前倾,双手捧哈达,举过头顶,以表虔诚;对平辈,则双手平举,递给对方即可;对晚辈,一般只须将哈达直接搭在对方的脖子上,表示祝福。

哈达的颜色,除了常见的白色、蓝色和黄色外,还有红色和绿色的。这五种颜色的哈达被誉为"五彩哈达"。在蒙古族人民的心目中,每一种颜色的哈达都象征着一个深刻的含意。蓝色象征蓝天,白色象征白云,黄色象征大地,绿色象征草原,红色象征火一样的热情。人们将自己对大自然的感激之情都寄托在美丽的哈达中了。达尔扈特部的蒙古族人民,最喜欢蓝色和白色的哈达,在他们看来,蓝色是自然界最美好、最永恒的颜色,蓝色的哈达像蓝色的天空一样,能够表达出蒙古族人民豁达、美好的心灵。白色,是纯洁、吉祥和幸福的象征,所以,献给尊者和贵宾的哈达莫过于白色最尊贵了。

当接过主人递过来的哈达并披在脖子上后,接过酒最得体的方式是按照蒙古人敬酒的方式，左手捧杯，用右手的无名指蘸一滴酒弹向头上方，表示先祭天；第二滴弹向地，表示祭地；第三滴酒弹向前方，表示祭祖先，随后把酒一饮而尽。如果客人不会喝酒，只要把酒杯恭敬的放在桌上就可以了。招待来客的佳宴炒米、奶茶、手抓羊肉、奶酪、奶皮也一同上席，接着蒙古族的敬酒歌也唱起来了，正所谓："歌声不断酒不断。"

晚间在红海子木屋的烤全羊宴之后，同学们聚集在木屋景区的露天广场。木屋景区的工作人员点燃了篝火，精彩的晚会开始了，大家站起来一起手拉着手，围着篝火手舞足蹈、群魔乱舞：恰恰舞、拉丁舞、交谊舞五花八门。有人唱着当初在校园里的歌曲，欢声笑语。不爱动的同学嗑着瓜子，喝着饮料、啤酒，聊着过去的日子和现在的变化。此时，同学们也更加放开了。大约十一点多，篝火晚会接近了尾声，同学们每个人都想说说心里话，谈谈这些不曾见面的几年发生的事情，想想当年还是少年的同学，和如今成年的大家，好几个女同学都泣不成声。草原上的夜空似乎更加安静了，星星也更加明亮起来，同学们拖着疲惫的身躯返回宾馆，每个人都彻夜难眠、辗转反侧，回忆着这些年或心酸或快乐的时光，内心极度安宁，感恩着这场篝火晚会带来的感动。

翌日，同学们徜徉于康巴什区的现代化建筑之间；

留恋于绿树红花的园林景观；漫步在颇具现代化气息的斜拉桥上；驻足于市政广场的"七旗会盟"铜塑前合影留念。

"七旗会盟"始于1644年，当时蒙古族的鄂尔多斯部的济农额璘臣归顺清廷，顺治皇帝采取分而治之的策略，便将鄂尔多斯部分成六个旗，即准格尔旗、达拉特旗、伊金霍洛旗、乌审旗、杭锦旗、鄂托克旗。同年，这六个旗举行了盛大的首次会盟。1736年，清廷又把六旗扩编为七旗，一般三年举行一次会盟，"七旗会盟"遂成定制，相沿300多年。伴随鄂尔多斯发展的重大历史事件——七旗会盟，已在苏泊罕大草原延续了近400年，直至1958年才完全停止。七个旗的蒙古王爷每三年在苏泊罕大草原会盟一次，主要目的是"叙尊卑、联族谊"，会盟的主要内容是阅兵，祭祀成吉思汗和举办蒙古族传统那达慕。哦——巍巍的鄂尔多斯，茫茫的塞外高原。

其时正值教师节，关于此次同学聚会行程有诗为证。

戊戌年教师节同学聚会

金秋九月硕果丰，
天骄圣地情意浓。
四十周年改革路，
三十八载同窗情。

忆得当年校园里，
校纪校规每相违。
学友情深写春秋，
师恩难忘育桃李。

成陵蓝天白云间，
蒙古源流绿草边。
师生围坐蒙古包，
酒歌伴舞哈达飘。

红海湿把木屋间，
蒙汉全席烤羊宴。
翩翩起舞篝火旁，
帅男美女也疯狂。

秋高气爽逛康城，
会盟塑前留倩影。
山高水长会有时，
师生情深继世长。

三届同学的人数应该在两百人左右，参加聚会的同学只有六七十人。由于工作、生活的原因,大多数在外地工作和从事特种行业的同学未能参加,但他们从微信上发过来自己的照片和资料,要求把自己也制作进同学聚会的纪念册里。

志刚在杨树村只念过小学,没有在杨树镇念过初中,自然不在杨树镇初中同学的聚会行列,志刚没能参加初中同学聚会非常遗憾。况且此时的志刚正忙于在W市承包的一段整治环境的工程。

志刚的母亲去世得早,兄妹三人相依为命,是靠吃百家饭长大的,杨树村父老乡亲对志刚三兄妹的接济是志刚终生难忘的。这几年志刚通过在外打拼挣得一些钱,每一次志刚回杨树村都要去看望父老乡亲。志刚是党员,他有责任也有担当,有一次回老家正赶上杨树村党员活动日。志刚在党员会上承诺:"以后谁家有大病无钱看病、子女考上大学无钱上学的我一定给予帮助。"党员们对志刚的义举深深地赞叹。志刚的表弟B君频繁地找女朋友,手头拮据,向志刚开口借钱被拒绝了。B君说:"你能帮助别人,咋就不帮亲戚?"志刚答:"得病是万般无奈的意外,上大学是改变人生命运的正事,你第一次成家我已帮过你,第二次、第三次、第四次频繁地换女朋友,孩子生下三四个不管,你给这些女人、孩子造成多大的伤害。我平生对朝三暮四的人深恶痛绝,我现在帮你就是在助纣为虐。"B君低头不语,后来B君与第一任妻子复婚了。

二军参加完同学聚会,又忙着筹备村里的丰收节,志刚也参加了村里的丰收节。农历十月初十是中国传统的丰收节。丰收节庆祝一年的收获,祭祀丰收神"炎帝神农氏"。中国民间认为农历双十节是"十全十美"的吉日。如果在这天结婚登记更是认为是"十全十美的婚姻"。

2018年6月21日,国务院关于同意设立"中国农民丰收节"的批复发布,同意自2018年起,将每年农历秋分设立为"中国农民丰收节"。2018年9月23日是秋分日,我国将迎来第一个中国农民丰收节。

丰收节前,Y旗园林局400多名干部职工来杨树村助农,二军给每家农户分配5名干部职工帮忙收割或扒玉米。二军支书和各社社长、农户协调干部助农事宜。杨树村在Y旗园林局的帮扶下建立了本村劳务公司,村集体经济得到了前所未有的发展,光种植大棚花卉一项,预计有10万元以上的村集体收入。此外,根据当地土壤条件,杨树村确定以种植多头玉米为主导产业,计划2019年发展200亩种植基地。村民可以以土地或现金方式入股村集体经济,以带动村里养殖业规模。

2018年的杨树村丰收节是杨树镇政府筹办的。杨树村的丰收节上人山人海、熙熙攘攘。有市长、旗委书记、镇人大主席、驻村干部,有城里人、乡下人,农民、牧民,人多自然车也多,杨树村的田间地头停了许多小车。杨树村的十字街东西走向设立了10道彩虹门,另有彩色气球点缀其中;南北走向竖起了N面五彩缤纷的彩旗写着"庆祝首届中国农民丰收节"。丰收节上的农副产品应有尽有、色彩纷呈:玉米笼、糜谷捆、高粱垛、葵花陀、红萝卜、绿白菜、紫茄子、黄玉米、黄瓜、南瓜、番瓜、红柿子、黄柿子、苹果、梨子、山药蛋、大蒜、水葱……有人尽兴地品尝着瓜果桃梨;有人拿起蔬菜爱不释手……不远处的大帐篷里的柴火灶上的大铁锅炖起了羊肉;大戏台上市歌舞团的蒙汉演员上演着《庆丰收》《农家乐》等精彩剧目,农牧民不时爆发出热烈的掌声。当演出背景屏同步播放中共中央总书记、国家主席、中央军委主席习近平代表党中央,向全国亿万农民致以节日的问候和良好的祝愿时,现场观众鸦雀无声、屏息聆听。

习近平指出:"秋分时节,全国处处五谷丰登、瓜果飘香,广大农民共庆丰年、分享喜悦,举办中国农民丰收节正当其时。设立中国农民丰收节,是党中央研究决定的,进一步彰显了'三农'工作重中之重的基础地位,是一件影响深远的大事。"

习近平强调:"我国是农业大国,重农固本是安民之基、治国之要。广大农民在我国革命、建设、改革等各个历史时期都作出了重大贡献。今年是农村改革40周年,40年来我国农业农村发展取得历史性成就、发生历史性变革。希望广大农民和社会各界积极参与中国农民丰收节活动,营造全社会关注农业、关心农村、关爱农民的浓厚氛围,调动亿万农民重农务农的积极性、主动性、创造性,全面实施乡村振兴战略、打赢脱贫攻坚战、加快推进农业农村现代化,在促进乡村全面振兴、实现"两个一百年"奋斗目标新征程中谱写我国农业农村改革发展新的华彩乐章!

今年的丰收节,杨树村附近的蒙古族也参加了。蒙古族长者手持哈达敬酒祭拜长生天,敬蓝天、敬绿地、敬自然。蒙古族在丰收节上的美食依然是炒米、奶茶、手把肉,此风俗一直沿袭至今。村里组织了农牧民拔河比赛、割玉米比赛、捡土豆比赛。

丰收节过后中秋节将至,中秋节庆团圆,也庆丰收。农历八月十五的中秋节也称团圆节。月是故乡明,人是家乡亲。中秋节的苹果是圆的,中秋节的西瓜是圆的,中秋节的月是圆的。杨树村今年首个丰收节很特别,家里有外出打工的子女都回来过节,出嫁女儿带着女婿和小孩一起回来过节。特别是家中有老人的,做子女的更要回来过节。村民还喜欢带朋友一起回来过节,哪家的人回来得齐、回来得多,就证明那一家人最团结、最和睦、人缘最好。二军一家杀羊宰鸡,炒菜炖鱼,中午时分,酒肉上桌,亲朋好友从四面八方汇聚,人们边吃边谈论今年丰收的景象,家家户户都沉浸在一片丰收的喜悦之中。离去时,主人还给每个客人打包上几种剩菜,让家人分享丰收的喜悦。

杨树村八月十五的夜,凉风送爽,月亮悄悄地爬上杨树稍。如雪如烟的月色笼罩了整个村子,远山的幻影定格在溶溶的月色之中,显得格外宁静宜人。月光如水泻在大地上,给大地披上了一层银灰色的轻纱,山村农舍也变成了一幅依山傍水的粘贴画。白天欢快啼鸣的小鸟停止了歌唱,带着疲惫躲进了它们的巢里。寂静的夜里,偶尔传来几声蝉鸣,惹得星星直眨眼。月光不约而至,推窗而入。霎时大田铺满一层薄霜。那月光有些清凉,似乎还带着一些香味,使人心旷神怡。

抬头仰望天空,溶溶的月色中,闪亮的银河高悬在空中,似乎有一种海涛声自天而来。调皮的星星一闪一闪,像是无数在天河上竞帆的夜渡船。而月下的小河边,村童的嬉戏声,现在已销声匿迹,只有小河低沉的调子,在月光下奔流。河里也没有了白天的躁动,月光沉进水底,星星遍布其间。劳累了一天的人们,早已进入梦乡,享受着安详的月夜……夜深了,如水的月光,犹如夜的眼睛,将这乡村凝成一幅画,映在它的眸子里。它又如月夜的使者,将这乡村点缀得柔美而宁静。有人想拨响筝弦,唯恐打破乡村的宁静;有人想挥动画笔,唯恐调不出乡村的美丽。只有万千思绪沿着手中的笔静静地流淌,来表现出对乡村的赞美。

后　　记

　　我出生在农村,农村的一山一水、一草一木、乡约乡情、民俗民风都烙印在我儿时的记忆里。我的少儿时代是在看电影和看连环画小人书中度过的。电影是晚上和小伙伴们去露天场地看的,小人书是用鸡蛋降价换的。每当我用鸡蛋换小人书时,妈妈就说:"我的傻儿子,小人书比鸡蛋也好吃?"电影和小人书从童年一直伴随着我走上工作岗位。年近九旬的母亲对我说:"你现在出去工作了,不要忘了农村和农民,不要看不起农村和农民,要知道你的祖宗八代都是农民,你是农民的儿子。"于是我就写了小说《北望杨树村》来记录农村的人和事、农民的悲和喜。

　　中国历史植根于农村的沃土,农耕文明发源于农村的田野,中国有9亿农民,稳定了三农,才能稳定全国。正如习总书记说的:中国人的饭碗应该端在自己的手里,饭碗里装着自己的粮食。小说《北望杨树村》聚焦农牧民的喜怒哀乐;关注农牧民的衣食住行;关心农牧民的柴米油盐。小说《北望杨树村》描绘了美丽乡村建设、精准扶贫脱贫、振兴乡村战略新时代蓝图。

美丽乡村,广阔天地,大有作为;大众创业,万众创新,大有可为。国家对农牧业的补贴逐年增多:退耕还林、休牧还草、生态移民、玉米补贴、公益林补贴、老年补贴、大病贫困补贴……现在的中国农民是有史以来最幸福的农民。而农村的真实情况是六十岁以上的老人留守家园,六十岁以下的中年人进城务工,三十岁以下的年轻人在城市里工作和学习,农村牧区这块"根据地"正在变成"纪念地"。

小说《北望杨树村》围绕杨树村的这些中年人走出杨树村,进城务工创造了奇迹,他们中间有经营煤炭的、经营房地产的、从事种养殖业的、从事路桥工程的、从事餐饮服务业的、从事绿化美化工程的……他们从农村走向城市,他们又从城市返回农村,演绎着精彩的奋斗人生故事。

生活是创作的源泉,作品源于生活而高于生活。作品中的人和事来源于现实生活,反映百姓大众生活是小说作者的责任。常怀感恩之心,方得善始善终。感谢伊旗宣传部、文化局、伊旗延安精神研究会;感谢伊旗文联《天骄》杂志在我的文学成长之路上的哺育之情;感谢伊旗红庆河镇政府的大力资助;感谢伊旗红庆河镇纳林希里小学的友情支持;感谢曾经养育我的伊旗红庆河镇纳林希里这片热土;特别致谢高志国、高飞、刘志刚三位先生在我出版《田园牧歌高原情》《北望杨树村》两部作品时的慷慨解囊相助;真诚感谢在我创作过程中提出构思、修改、批评建议的徐兴邦、陈利军、巴音孟克、高利、杨树伟、牛进廷、史利军、杨军、高峰、王志刚、崔文飞、白明忠、许雷峰、王润平、高成仁、刘海荣、高世锋、杨银宝、张三师、杨田、郝斌、张雪、高菲、温俊芬、朱瑞芳、苏丽萍、牛香萍、王翠梅等诸位先生、女士。

2018年6月23日初稿
2019年3月5日定稿
于伊旗红庆河镇纳林希里小学